講談社文庫

思惑

百万石の留守居役（二）

上田秀人

講談社

目次――思惑　百万石の留守居役（二）

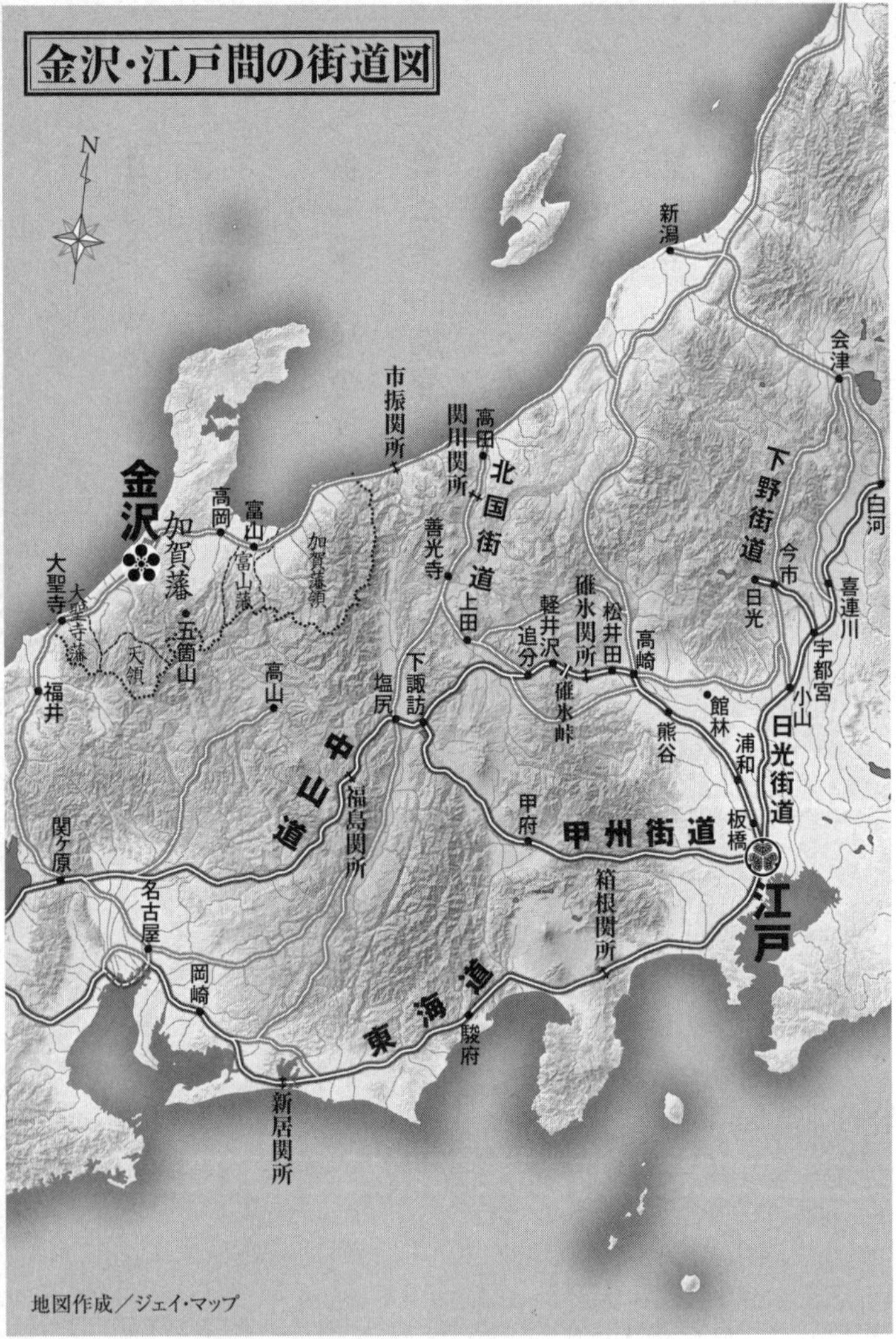

金沢・江戸間の街道図

地図作成／ジェイ・マップ

〔留守居役《るすいやく》〕

主君の留守中に諸事を采配《さいはい》する役目。人脈をもつ世慣れた家臣がつとめることが多い。参勤交代が始まって以降は、幕府や他藩との交渉が主な役割に。外様《とざま》の藩にとっては、幕府の意向をいち早く察知し、外様潰《つぶ》しの施策から藩を守る役割が何より大切となる。

〔加賀《かが》藩士〕

藩主
前田《まえだ》綱紀《つなのり》
—人持《ひとも》ち組頭《くみがしら》七家（元禄《げんろく》以降に加賀八家）—人持ち組—平士
　瀬能数馬《せのうかずま》（一千石）ほか

人持ち組頭七家
本多《ほんだ》安房《あわ》政長《まさなが》（五万石）筆頭家老
長《ちょう》　尚連《ひさつら》（三万三千石）国人出身
横山玄位《よこやまはるたか》（二万七千石）江戸家老
前田孝貞《たかさだ》（二万一千石）
奥村時成《おくむらときなり》（一万四千石）奥村本家
奥村庸礼《やすひろ》（一万二千四百五十石）奥村分家
前田備後《びんご》直作《なおなり》（一万二千石）

—平士並《なみ》—与力（お目見え以下）—御徒《おかち》など—足軽など

〔第二巻『思惑』〕——おもな登場人物

瀬能数馬《せのうかずま》　加賀《かが》藩士。千石取りだが無役同然。城下で襲われた前田《まえだ》直作《なおなり》を救う。祖父数右衛門《かずえもん》が天徳院《てんとくいん》(秀忠《ひでただ》の娘珠姫《たまひめ》)付きで、旗本から加賀藩士となった。

前田備後《びんご》直作　加賀藩の重臣、人持《ひとも》ち組頭《くみがしら》。国元での意見対立で孤立する。

本多《ほんだ》安房《あわ》政長《まさなが》　五万石の加賀藩筆頭家老。家康の謀臣《ぼうしん》本多正信《まさのぶ》が先祖。「堂々たる隠密《おんみつ》」。

琴《こと》　本多政長の娘。出戻りだが、五万石の姫君。数馬を気に入り、婚約する。

林彦之進《はやしひこのしん》　政長の家臣。世慣れており、数馬の江戸行きを補佐する。

前田孝貞《たかさだ》　二万一千石。人持ち組頭。直作と対立する。

横山玄位《よこやまはるたか》　二万七千石の人持ち組頭。加賀藩江戸家老。家督《かとく》を継いだばかり。

石動庫之《いするぎくらの》介《すけ》　瀬能家の家士。大太刀の遣《つか》い手《て》。

猪野兵庫《いのひょうご》　加賀藩士。御為派《おためは》の急先鋒で、江戸へ向かう前田直作をつけ狙う。

小沢兵衛《おざわひょうえ》　加賀藩江戸留守居役《るすいやく》だったが、秘事を漏《も》らし、逃走する。

前田綱紀《つなのり》　加賀藩四代当主。利家《としいえ》の再来との期待も高い。二代将軍秀忠の曾孫《そうそん》。

徳川綱豊《つなとよ》　甲府藩主。三代将軍家光《いえみつ》の三男綱重《つなしげ》の嫡男《ちゃくなん》。次期将軍候補の一人。

徳川綱吉《つなよし》　館林《たてばやし》藩主。家光の四男。次期将軍候補の一人。

堀田《ほった》備中守正俊《びっちゅうのかみまさとし》　老中。父正盛《まさもり》は蛍《ほたる》大名とあだ名された。

酒井《さかい》雅楽頭忠清《うたのかみただきよ》　大老。幕政の実権を握る御用部屋の中心。

徳川家綱《いえつな》　四代将軍。病弱だが後継は未定。そうせい侯と揶揄《やゆ》される。

思惑

百万石の留守居役（二）

第一章　峠の攻防

一

信濃《しなの》追分《おいわけ》は中山道《なかせんどう》でも有数の宿場町である。中山道と北国《ほっこく》街道の分岐点であり、参勤交代の大名だけでなく、多くの旅人が利用した。

五町（約五百五十メートル）の宿場町には、本陣一つ、脇本陣二つ、旅籠《はたご》六十軒強、茶屋十軒以上があり、町屋の数も百近い。

「馬を一匹購《あがな》いたい」

追分宿の問屋場に入った加賀《かが》藩士瀬能数馬《せのうかずま》は、番頭らしい男へ申しこんだ。

「へっ」

いきなり馬を売れという要求に、番頭が驚いた。

問屋場というのは、人足や馬の手配をおこなう。荷物が多いので次の宿場まで人足を頼みたいとか、足が弱いので馬を借りたいとかの要望に応える。

「馬を借りていただくのではございませんので」

番頭が確認した。

「買いたい。駄馬では困るが、あまり高すぎてもならぬ。人を乗せて碓氷峠《うすいとうげ》をこえられるていどの馬がよい」

数馬は条件を述べた。

「問屋場の馬でございますので、碓氷峠をこえるくらいはどれもできまするが、ただ、お売りするというわけには参りませぬ」

ようやく落ち着いた番頭が首を振った。

「なぜ売れぬ」

「お売りいたせば、問屋場の馬が足りなくなりまする。問屋場の馬は、お武家さまのように乗り慣れているお方ばかりを背にするわけではございませぬ。老人、女、子供など、馬に触れたことさえないお方がお乗りになるのがほとんどでございまする。もちろん、手綱《たづな》引きがつきますので、危なくはございませんが、馬にも慣れが要《い》りまする」

「誰に乗られても暴れない馬にするというわけだな」

番頭の話を数馬は理解した。

馬は賢い。乗り手が馬を怖がっているかどうかを瞬時に見抜く。乗り手が馬から格下に見られれば、それで終わりなのだ。まず、背に上がらせない。なんとか乗っても、指示に従わない。下手すれば、振り落とされる。

騎乗の身分である瀬能家には、乗り換えもいれて二頭の馬がいた。数馬も乗馬の修練では、苦労した経験を持っていた。

「さようで。そこまで馬をしつけるのには、一月《ひとつき》や二月《ふたつき》ではすまないだけの期間がかかりまする。お売りしてしまえば、その間、当問屋場の馬が減り、馬をお使いになられたいお方さまの迷惑となりまする」

「ううむう」

正当な理由に、数馬はそれ以上要求できなかった。

「番頭」

後ろで控えていた加賀藩筆頭家老本多《ほんだ》政長《まさなが》の家臣、林彦之進《はやしひこのしん》が口を出した。

「へい」

番頭が腰を屈《かが》めた。

庶民から見て、武家は皆同じである。直臣《じきしん》、陪臣《ばいしん》の区別などつかず、両刀を腰に差しているだけで、畏怖《いふ》の対象であり、低姿勢にならざるを得ない相手であった。

「馬を借りて松井田宿《まついだしゆく》で返すのは問題ないか」

「はい。ございませぬ」

林の問いに番頭が首肯《しゆこう》した。

「途中で馬が崖《がけ》から落ちたりすることもあるな」

「……滅多《めった》にはございませぬが」

番頭が口ごもった。

「そのとき、借り主はどうするのだ。馬の代金を弁済するのか」

続けて林は質問した。

「手綱引きがおりますので、まずそういうことにはなりませぬが、万一のおりは、馬の代金の半額をお願いいたしております」

「半額だな」

林が念を押した。

「五両もあれば足りるか」

「……なにを」

不安そうな声を番頭が出した。

「我らは道を急ぐ。ここで馬を借りていくが、道中なにかあってもここへ戻って来るわけにはいかぬ。ゆえに、先に支払いをしておこうというのだ。なにもなければ、後日儂《わし》がここを通ったときに返金してもらえばいい」

「それは……」

金の先払いは、問屋として当然のことである。馬の借り賃だけを支払い、そのまま乗り逃げする輩《やから》もいないではないが、ばれた途端《とたん》、全国の問屋場に回状が出される。人相風体から手形の記述内容まで、細かく書かれた回状が出まわれば、そうそう逃げきれるものではない。しかし、前払いとはいえ、客も余計に金を出すということなど、まずなかった。

あからさまに裏のあるとわかる話に番頭が戸惑った。

「馬を見せてもらおう」

番頭の返答を待たず、林が厩《うまや》への案内を命じた。

「こ、こちらで」

客の求めである。番頭は問屋場の裏にある厩へと二人を連れて行った。

「なかなかの馬だな」

繋《つな》がれている馬は全部で三頭いた。

「二頭、朝から出ておりまして」

問屋場には全部で五頭の馬がいるという説明を番頭がした。

「これがよさそうだ」

数馬は一頭の馬に近づいた。

「賢そうな顔をしている」

鼻面を撫《な》でながら、数馬は馬体をよく見た。

「足も太い。丈夫そうだな」

「峠ごえにも慣れておりまする」

褒《ほ》められて悪い気はしない。番頭がうれしそうに応じた。

「この馬はもし途中ではぐれたら、どこへ行く」

「……ここに戻って参りまするが」

番頭の表情が締まった。

「よし、この馬を借りよう。松井田の宿までだ。手綱引きは要らぬ」

数馬が言った。

「手綱引きはお連れいただく決まりでございまする」

あわてて番頭が首を振った。

「急ぎ旅だ。ついて来られなくなっても知らぬぞ」

「それはけっこうでございまする。そのようなことにはならぬと思いまするが」

番頭が同意した。

手綱引きとはいえ、このあたりには慣れている。それこそ三日にあげず峠をこえているといってもいいのだ。番頭が自信をもっていて当然であった。

「林どの、金を」

「承知いたしましてござる」

胴巻きのなかから林が小判を五枚取り出した。

「たしかに。今、預かりを書きまする」

この代金は、馬が無事に戻れば、借り賃を引いて返さなければならない。受け取りではなく預かりを出すのが決まりであった。

「こちらをお持ちいただければ、馬に万一ない場合にかぎり、残金をお返しいたしまする」

番頭が書付《かきつけ》を一度見せてから、ていねいに畳《たた》んだ。

「うむ。では、馬に道具をつけてくれ」

「はい。おい」

数馬の要請に、番頭が応じた。

「あと一つ、藁《わら》をいく束《たば》か分けてくれ」

追加の望みを数馬が足した。

「飼《か》い葉《ば》でございましたら、途中の問屋場で用意いたしておりまする」

「いや、飼い葉ではない。少し使いたいことがある」

「でございますか。しばしお待ちを」

番頭が奥へと入り、しばらくしていくつかの藁束を抱えて出てきた。

「このくらいでよろしゅうございますか」

「……ああ。助かる。いくらだ」

「要りませぬ」

値段を訊《き》かれた番頭が手を振った。

「林どの、頼めようか」

「はい。手間を掛けたな」

数馬の言葉を受けて、林が小粒銀十匁《もんめ》を番頭へ握らせた。

「これは、畏《おそ》れ入りまする」

番頭がていねいに頭をさげた。

「あちらの茶屋で休んでおる。準備ができしだい出立《しゅったつ》する」

「承知いたしました」

林の指さした茶屋を確認して、番頭がうなずいた。

「用意ができやした」

まもなく鞍《くら》などを取り付けられた馬を引いて、若い手綱引きが現れた。

「少し待ってくれ」

遅れて昼餉《ひるげ》に入った数馬と林は、まだ飯を喰《く》っていた。

「へい」

手綱引きが茶屋の前の地面へ直接腰を下ろした。

馬の手綱引きは、ねじり鉢巻《はちまき》に縄の帯で前を止めた袖無《そでな》しの上着に、下帯だけという格好であった。

「最後に碓氷峠をこえたのはいつだ」

飯を喰いながら、数馬が問うた。

「先ほど帰ってきたばかりで」

手綱引きが答えた。

「なにっ」

思わず数馬は身を乗り出した。

「昨日、松井田まで客を送って、問屋場で一夜明かして、朝一番で帰って参りやしたが」

のんびりと手綱引きが告げた。

「峠で武家に遭《あ》わなかったか」

「お武家さまでございますか。いいえ」

手綱引きが首を振った。

武家の旅はそのほとんどが参勤交代である。時期がずれれば、旅する武家はほとんどいなかった。

「峠に達したのは何刻《なんどき》であった」

「日がまださほど高くはございませんでした」

「軽井沢《かるいざわ》の宿は」

「……そういえば、沓掛《くつかけ》の宿場の手前で駆けていく中間《ちゆうげん》とすれ違いやした」

思い出すように手綱引きが言った。

「どのくらい前だ」

「一刻（約二時間）ほど前かと」

「ここに見張りを置いていたな」

昼餉を終えて、白湯《さゆ》を飲んでいた前田直作《まえだなおなり》が嘆息した。

「中間の報《しら》せで峠に上がる……」

「報告があるまで旅籠にいれば、目立つことはない」

数馬と前田直作が顔を見合わせた。

「一刻は、取り戻せぬな」

「はい」

今から追いかけたところで、中間を途中で捕まえることは難しい。馬ならば間に合うだろうが、見張りの中間の顔がわからないのだ。まちがえて他家の中間に手出しをすれば、大問題となりかねなかった。それこそ、前田直作までは及ばないだろうが、生田《いくた》始め数人の家臣は、腹を切らなければならなくなる。

「ならば、こちらも万全を期するしかない」

前田直作が表情を厳しくした。

「峠で、待ち伏せをするのに適しているのはどこだ」

「待ち伏せ……一体なにが」

手綱引きが顔を強《こわ》ばらせた。

「番頭から聞かされなかったのか」

数馬はあきれた。

「へい。ただ、この馬の手綱を引けとだけ」

腰の引けた手綱引きがうなずいた。

「峠のふもとで待っていればいい。用がすんだら馬を放す。万一、日暮れまで待っても馬が帰って来なければ、問屋場へ戻れ。馬の代金は支払ってある」

「……へ、へい」

大きく手綱引きが首を上下させた。

「馬の代金……」

前田直作が首をかしげた。

「万一を考えてのことでございますれば」

「ふん。万一ではなく、確実に起こるだろうに」

用心しているだけだという数馬に、前田直作が笑った。

「まあいい。殿に会うまで死ねぬ身だ。瀬能、預ける」

「……はい」

重責に一瞬詰《つ》まった数馬だったが、強く首肯した。

「よし、出るぞ」

前田直作の合図で、一行は出立した。

信濃追分から沓掛宿を経て碓氷峠の手前軽井沢宿までは二里八町（約八・八キロメートル）ほどしかない。鍛《きた》えられた武士の足ならば、一刻かからなかった。

「気を配れ、宿場のなかに見張りを残しているやも知れぬ。生田、四人連れて先行いたせ。宿場を出たところで待機し、あわてて宿場を出てくる者がいれば、足止めせい」

家臣四人に前田直作が指示した。

「はっ。加山《かやま》、阿東《あとう》、志水《しみず》、室田《むろた》、来い」

生田たちが駆け出していった。

「軽い休息を入れる。小半刻《こはんとき》（約三十分）足らずで出る。用便をすませ、草鞋《わらじ》、太刀の目釘《めくぎ》は確認しておけ」

前田直作が、茶屋に腰をおろした。

「白湯を頼む」

「へい」

茶屋の主《あるじ》が人数分の茶碗に白湯を入れて出した。

旅先で生水を飲むのは厳禁であった。食いものであたるより、水で体調を崩すほうが多く、また深刻であった。旅慣れた者は、湯冷まし以外を口にしなかった。

「主、竹筒の中身も新しくしてくれ」

林が茶代に心付けを加えて頼んだ。

「お預かりいたしまする」

一行の竹筒すべてを集め、茶店の主が蓋《ふた》を外し、中身を捨てた。

昼餉を摂《と》った茶店でも同じことをしていたが、水は傷みが激しい。できるだけこまめに入れ替えておくべきであった。

「殿、阿東が戻って参りました」

街道を見張っていた前田直作の家臣が声をあげた。

「……殿」

宿場の東端で人の出入りを見張っていた阿東が茶店へ入ってきた。

「どうした」

「一人捕らえましてございまする」

問われた阿東が告げた。

「捕らえたとはどういうことだ」

足止めしろと命じた前田直作が顔色を変えた。領内でもない軽井沢の宿で、前田直作の家臣に人を捕まえる権はない。

「前田孝貞《たかさだ》さまの家中の者でございまする」

「孝貞の……まちがいないか」

前田直作が腰をあげた。

「生田の顔見知りでございました」

確認する前田直作へ、阿東が答えた。

前田孝貞は、前田直作と同じく藩主一門で加賀藩最高の家格である人持《ひとも》ち組頭《くみがしら》である。石高だけでいけば、二万一千石と前田直作の一万二千石よりも多い。人持ち組頭としての席次も歴史も前田直作家よりも古く、今回の前田綱紀《つなのり》将軍継承の話には強く反対していた。

「竹筒の受け取りのため、一人残れ。出るぞ」

前田直作が立ちあがった。

軽井沢の宿は信濃追分に比べると小さい。すぐに宿場は抜けた。

「こちらでございまする」

街道を少しはずれたところで、生田が待っていた。

「こやつか」

若い旅装の侍が、周囲を前田直作の家臣に囲まれて座らされていた。

「はい。前田孝貞さまの家中で、確か名前は深見《ふかみ》と申したはずでございまする」

生田が述べた。

「まちがいないな」

「天下の公道で、このようなまねをなされて、無事ですむとお思いか。後日、主より抗議させていただくことになりまするぞ」

確認した前田直作へ、深見が抗議した。

「他の者はどこで待っている」

「…………」

抗議を無視した前田直作の問いかけに、深見が沈黙した。

「瀬能さま。少し……」

林が小声で呼んだ。

「なんだ」

「生かしておいては、後日の面倒のもとでございまする」

「殺せと言うか」

数馬は驚いた。

「綱紀さまの五代将軍ご就任がなろうがならまいが、加賀に火種は残りまする」

淡々と林が続けた。

「その最たるものが、前田直作さまと前田孝貞さまの対立でございましょう」

「ああ」

それについては、数馬も同意するしかなかった。

「そのとき、あの者が不当に拘束《こうそく》されたとして、前田直作さまを藩庁へ訴え出れば……」

「襲撃を企《たくら》んだのだ、いくらでも抗弁できよう」

数馬が否定した。

「その証拠がございませぬ。主用で旅をしていると言われれば、それまででございまする。あの者が太刀を持って襲ってきたわけではございませぬ」

林が冷静に話した。

「……うむう」

言われてみればそのとおりであった。数馬は黙るしかなかった。

「瀬能さま」

決断を林が促《うなが》した。

「……前田さまにお話してくる」

少しだけためらった数馬は、前田直作へ近づいた。

「全員そろいましたでしょうや」

「ああ、茶店に残した者も、今、合流した」

数馬の問いに、前田直作が述べた。

「では、この者を放しましょう」

「放す……。そのようなまねをしては、敵に報されるだけでございますぞ」

生田が目を剝《む》いた。

「だからといって、縛《しば》り付けておくわけにもいくまい。殺すこともできぬ。罪が確定していない」

深見を見ながら数馬は語った。

「瀬能さまでございますな。さすがにおわかりでございまする」

満足そうに深見が言った。

「こやつが仲間に報せ、対応されるまえに峠をこえてしまえばすみまする。前田さま、ご騎乗くださいませ。皆、走る用意を」

「…………」

じっと前田直作が数馬を見た。

「…………」

無言で数馬はうなずいた。

「よし。放してやれ」

「殿……」

生田が声をあげたが、主命である。しぶしぶ深見の包囲を解いた。

「覚えておかれるがよい」

捨てぜりふを残して、深見が走って峠に向かった。

「手綱引き、お主はここでいい。で、どこにいると思う」

「へい。見通しの悪いのは、峠にいたる少し前、道が大きく曲がっているところがございまする。左が崖になっており、右は林で」

手綱引きが教えた。

「見通しが悪いのだな」

「さようで」

念を押す数馬に、手綱引きが保証した。

「よし。いくぞ」

前田直作が合図を出した。

二

軽井沢も高地である。そこから碓氷峠までは上りだが、それほどきつい坂道ではなかった。

「来るぞ。前田直作は馬に乗っている」

深見が林のなかで身を潜《ひそ》めている仲間のところへ駆けこんできた。

「馬だと。走られれば面倒だな」

中年の武士が眉《まゆ》をひそめた。

「大事ない。あの曲がり角を出たところを狙《ねら》えばいい。ここからならば、正面だ。右は崖、左は山、逃げるところは前後しかない。そして馬は後ろに下がれぬ」

鉄炮《てっぽう》を持った背の低い武士が自信をのぞかせた。

「角まで行け。見えたら合図をしろ」

もう一度、深見が物見に出された。

「津田氏《つだうじ》、手はずは」

林のなかに潜んでいた一人が訊いた。

「丸仲《まるなか》が最初に、鉄炮で前田直作を狙撃する。そのあと、主を失って驚愕《きょうがく》混乱している連中を崖へ落とすつもりで襲う。四井《よつい》、おぬし二人連れて、林のなかを迂回《うかい》しろ。後ろへ回りこんで、軽井沢へ戻ろうとする連中を下から追いたてろ。峠をこえたところで待っている猪野《いの》さまたちのもとへな」

「承知」

四井が首肯した。

「火をつけるぞ」

丸仲が懐炉《かいろ》から火種を出した。

火縄というのは意外と匂《にお》う。風上で火縄を燃やせば、少し敏感なものなら、待ち伏せに気づく。ぎりぎりまで火縄をつけないのが、刺客としての心得であった。

「ああ」

隣にいた武士が、火縄の煙を手で煽《あお》いで拡散させた。

「合図だ」

深見の腕が上がるのを見て、津田が言った。

「外すなよ。丸仲」

「誰に言っている……」

丸仲が息を止めた。

「見えた」

角から騎乗している前田直作が現れた。

「…………」

ゆっくりと丸仲が引き金を落とし、轟音《ごうおん》が谷間にこだました。

「やったぞ」

馬の上にいた前田直作が吹き飛ぶように、馬から落ち、そのまま崖下へと消えていった。

「よし、残りも生かして帰すな」

津田が手を振って、襲撃の開始を報せた。

「左右に散れ、馬を通せ」

鉄炮の音を聞いた数馬は叫《さけ》んだ。鉄炮の音に驚いた馬は、小屋へ帰ろうと暴れる。それにぶつかりでもすれば、怪我《けが》ではすまない。

「来たぞ」

上から駆け降りてくる刺客陣を鉄炮の音とともに、腰を屈めた生田が認めた。

「迎え撃て」

「おう」

前田直作の家臣たちが、太刀を抜いた。

「後ろから三人」

最後尾を任されていた数馬の家士、石動庫之介《いするぎくらのすけ》が報告してきた。

「いけるか」

「十分でござる」

数馬の問いに応えて、大太刀を抜いた石動が三人の刺客の前に立ちはだかった。

「やはり、いたか」

近づいてくる刺客の最前列に、深見の姿があった。数馬は太刀を上段に構えて待った。

「先ほども会ったな。忘れものか」

数馬が深見を嘲笑《あざわら》った。

「黙れ、奸賊《かんぞく》に与《くみ》するなど……」

「……」

叫びながら斬りかかってきた深見へ、数馬は無言で太刀を落とした。香取神道流《かとりしんとうりゅう》の修行を始めて最初に叩《たた》きこまれる五つの太刀の第一、真っ向上段である。初伝《しょでん》でありながら、奥伝《おくでん》にもつうじる上段は、その勢いあたるべからざるものと称せられるほどすさまじい。

「……あ」

まっすぐに顔を割られた深見が、苦鳴をあげることさえできずに死んだ。

「よくもっ」

深見の後ろに続いていた刺客が、怒りを太刀にのせて斬《き》りかかってきた。

「なんの」

斬ったことで、勢いが減じていた太刀を止めた数馬は、そのまままっすぐ突きだした。

大きく両手を振りあげて、反動をつけようとしていた刺客のがら空きとなった胸へ、数馬の切っ先が沈んだ。

「はくっっ」

心の臓を貫かれて二人目の刺客も即死した。

「どういうことだ」

戦闘から離れたところから、前田直作一行の様子を見ていた津田が、怪訝《けげん》な顔をした。

「主を討たれたというに、動揺がまったくない。押しこむどころか、逆に押されているではないか」

津田が疑問を口にした。

「やけになったのではないか。主を討たれたのだ。家臣たちに帰る場所はもうない」

鉄炮から火縄を外しながら、丸仲が言った。

「そうだな」

納得しない顔で、津田がうなずいた。

「やああ」

後方で石動が大太刀を振るった。数馬より一回り太い石動は、その膂力《りよりよく》を利用するため、肉厚の太刀を好んで使っている。

「えっ」

受けようと太刀を斜めに掲《かか》げた刺客が、呆然《ぼうぜん》となった。刺客の太刀が、石動の一撃で半ばから折れ飛んだ。

「ぎゃっ」

そのまま額で太刀を受け、刺客が絶息した。

「馬鹿な。いかに主を討たれてやけになっているとはいえ、あまりに影響がなさすぎる」

倒されているのは仲間ばかりなのを見て、津田の顔色がなくなった。

「落ち着け。一人一人相手にすればいい」

行列のなかほどで指示を出している人物に、津田が気づいた。

「まさか、あの顔は前田直作……謀《はか》られたのか。馬に乗っていたのは身代わり……」

津田が歯ぎしりをした。

「丸仲」

「ああ。前田直作、卑怯《ひきよう》な奴だ」

鉄炮を手に丸仲が出てきた。

「もう一度撃て」

「少し待て。筒を掃除せねばならぬ」

急いで丸仲が、さく杖《じよう》を取り出し、筒のなかへ突っこんだ。

「早合《はやごう》を作っておけばよかった」

丸仲がぼやいた。

早合とは和紙に火薬と弾《たま》を包んだものだ。戦国のころ、鉄炮の連射性を少しでもあげるために考案されたが、今回、一撃で終わるはずであったことから、用意されていなかった。

「あとは火縄を……」

「あれは……」

刺客の一人と刃《やいば》を交わしていた数馬が、鉄炮を構えようとしている丸仲を見つけた。

「まずい」

一発だけだと思いこんでいたからこその身代わり策である。もう一度撃たれたならば、前田直作の命はない。

「どけっ」

数馬は怒鳴《どな》りつけた。

「行かせるか」

相手をしていた御為派《おためは》の家臣が牽制《けんせい》した。

「邪魔《じやま》をするな、斬るぞ」

太刀で威嚇《いかく》するが、相手も引かなかった。

「我らは加賀の正統を守る御為派である。藩主公を売るような不忠者の脅《おど》しに屈するものか」

御為派の家臣がうそぶいた。

真剣勝負を重ねてきた数馬ではあるが、鉄炮と戦った経験はなかった。ただ、吾《わ》が手の届かない間合いから放たれる一撃で、守らなければならない前田直作の命が奪われる恐怖に焦《あせ》ってしまった。

焦りは剣先を鈍《にぶ》らせる。なんとしても丸仲のもとへ行かなければという意識が、数馬の重心を浮かせていた。

腰の浮いた数馬の一撃は、余裕をもって受け止められた。

「ふん」

鼻先で笑った御為派の家臣が、太刀を押し返してきた。

「くっ」

気もそぞろな数馬は、相手の力をいなし損ね、まともな鍔《つば》迫《ぜ》り合《あ》いに持ちこまれてしまった。

鍔迫り合いは、太刀と太刀の根元が絡み合い、それこそ息のかかるくらいの近さで、敵と対峙《たいじ》する。身体《からだ》は互いの太刀の刃の間合いにある。相手に押しこまれても、己《おのれ》の太刀を受け流されても、待っているのは死であった。

「よし」

弾を詰め終わった丸仲が鉄炮を構えた。

「前田さま、鉄炮が」

数馬は、前田直作に注意を促すしかなかった。

「どこだ」

前田直作が反応した。

「あれだ」

津田が前田直作を指さした。混戦に紛《まぎ》れていた前田直作の位置が確定された。さらに前田直作が鉄炮を見つけようとして、腰を伸ばして動きを止めてしまった。

「任せろ」

火ぶたをきった丸仲の指が引き金にかかった。

「しまった」

己の失敗に数馬が臍《ほぞ》を噛《か》んだ。

「ぐえっ」

苦鳴の後に、銃声が続いた。

「……前田さま」

戦いの最中に目をつぶる愚はおかさなかった数馬は、前田直作の死を覚悟した。

「おのれら、生かして帰さぬ」

数馬の頭に血がのぼった。

怒りは剣術の敵であった。未熟な者ならば、怒りが恐怖を押しのけ、普段できない思い切った踏みこみをすることで、実力以上の技量を発揮することもある。だが、あるていど以上の腕を持つ者にとっては、悪でしかなかった。

怒りによって身体の制御ができなくなり、余分なところにまで力が入る。人の身体というのは、筋に力が入っているところと、抜けているところが調和して初めて、なめらかに素早く動けるようになる。

腕だけを考えてもわかるが、力こぶの出ている筋の反対側は、伸びているのだ。筋は力を入れれば縮み、抜けば伸びる。その相反する作用で、腕は曲がり、伸びる。もし両方の筋に力が入れば、伸縮両方の筋肉が縮んでしまう。こうなれば、関節は曲がらなくなる。剣士にとって、実力を発揮できない状態であった。

「死ね」

怒りにまかせて数馬が相手を押した。

「なんの」

相手が受け止めた。

力と力の押し合いは、平静な相手に軍配が上がった。

「たわいもない」

力をうまく刀へ伝えられない数馬が、徐々に押された。

「つっ」

敵の刃がじりじりと身に迫ってきた。数馬は必死に抵抗した。

「大事ないぞ。余《よ》は健在である」

そのとき聞き慣れた前田直作の声がした。

「おおう」

「殿はご無事ぞ」

前田家家臣たちが、歓声をあげた。

「外れたのか」

数馬はほっと肩の力が抜けた。

「馬鹿が」

鍔迫り合いの最中に力を抜くなど、死を受け入れたとしか思えない行動であった。嘲《あざけ》りながら、数馬の敵が押し被《かぶ》せようと体重を太刀に預けた。

「どちらがだ」

冷静になった数馬は、すっと右足を下げ、半回転するようにして身体を引いた。

「えっ」

敵が間の抜けた声を出した。力を加えていた一点が、急に消えたのだ。押している壁が不意になくなれば、その勢いを受け止めるものがなくなる。当然、支えを失ったことで、敵は体勢が崩れ、前のめりになってしまった。

「わああ」

背中ががら空きになったことに気づいた敵がわめいた。

「ぬん」

数馬が太刀を敵の背中へ落とした。脊椎《せきつい》の一部を割られた敵は、即死は免《まぬか》れたがそのまま地を這《は》った。

「鉄炮を」

今回は外れたとはいえ、鉄炮の脅威《きょうい》が去ったわけではなかった。数馬は、鉄炮の撃ち手へと駆け寄った。

「……死んでいる」

鉄炮の側《そば》に転がっている丸仲を数馬は見つけた。

「誰が……」

味方はすべて刺客と対峙している。鉄炮のあった場所まで食いこめた者はいなかった。

「こうあああ」

太刀を下げ、あたりを見回した数馬へ、言葉にならない気合いをあげた若い刺客が突っこんできた。

「…………」

人を斬った経験どころか、真剣を振るったことさえないのだろう。若い刺客は太刀を闇雲《やみくも》に振り回していた。

「斬りかかってきたのだ。それがなにを生むかはわかっているな」

無茶苦茶に振っている太刀をかわしながら、数馬は宣した。

「未熟ゆえ見逃してやる。逃げるなら追わぬ。だが、これ以降一歩でも前に出たら……斬る」

「……あわあ」

数馬の殺気に若い刺客が怯《おび》え、背を向けて逃げ出した。

「逃げるな。逃げれば二度と家中へ戻ることはできぬ。家族にも咎《とが》めは行く」

津田が叫んだ。

「……あああああ」

家族にもと言われて、若い刺客の足が止まった。

「わあああ」

涙を流しながら、若い刺客が戻ってきた。

「己のためでなく、家族のために覚悟を決めたか。見事だ」

数馬は若い刺客を褒《ほ》めた。

「だが、容赦《ようしゃ》せぬ。吾《われ》にも家族はある。父母が、妹が……そして妻となる女がな」

腰を落としながら、数馬は太刀を薙《な》いだ。

「ぐへっ」

脇腹を割かれた若い刺客が白目を剝いた。容赦ない一刀に、数馬へかかってくる敵が止まった。

「石動は……」

ようやく余裕のできた数馬が、家臣を気にした。

「さすが。介者剣術《かいしゃけんじゅつ》の遣《つか》い手《て》」

数馬は、石動が刺客の一人を葬《ほうむ》るのを見て感心した。

介者剣術とは、流派として確立されたものではなく、戦場で培《つちか》われた実戦刀法である。鎧《よろい》武者を殺すために編み出されたせいか、膂力がなければ難しく、太平の世では遣う者も少なくなっていた。

肉厚の太刀を軽々と使う石動の一撃は、防御ごと敵を打ち破る。数馬が見ているわずかなあいだに、石動は二人を倒した。

「優勢か」

前田直作の家臣も無事ではなかったが、倒れているのはあきらかに刺客方が多かった。

「ならば……将を倒す」

数馬は先ほどから指示を出している津田が刺客を束ねていると見てとっていた。

「……瀬能」

向かってくる数馬に、津田が気づいた。

「誰か、援軍を呼んで参れ」

太刀を構えながら、津田が命じた。

「承った」

津田の後ろにいた御為派の家臣が峠へ向けて駆けていった。

「わざわざもう一段あることを教えてくれるとはな、親切なことだ」

数馬は笑った。

「愚かなまねをするな。今からでも間に合う。御為派として働け。悪いようにはせぬ」

津田が数馬を勧誘した。

「自らを御為派というか」

「そうだ。加賀前田家の正統を守るために集まった心ある侍よ。国元のほとんどが、名を連ねておる」

「藩士か、そなた」

言う津田に数馬は問うた。

加賀藩の藩士は、お目見《めみ》え以上だけで数千に及ぶ。居住地や家格、役目によっては生涯顔を合わせない者もいた。

「儂《わし》の顔を知らぬとは、やはり新参者よな。儂は荒子衆《あらこしゅう》の津田玄蔵《げんぞう》である」

荒子衆とは、加賀藩創始の前田利家《としいえ》がまだ織田信長の家臣として尾張《おわり》荒子の城を預かっていたころから仕えている者のことだ。加賀藩ではもっとも古い譜代の家柄として、尊敬されていた。

「それはお見それした」

数馬は慇懃無礼《いんぎんぶれい》な態度で頭をさげた。

「墓守の無駄飯食《むだめしぐ》いに、礼儀は求めぬ」

津田が言い返した。

墓守の無駄飯食いとは、徳川《とくがわ》家から前田家へ嫁いできた珠姫《たまひめ》の用人として、旗本から前田家へ転籍した瀬能家に対する侮蔑《ぶべつ》の言葉であった。珠姫付きの用人だけに、その死後は無役となる。だが、藩士になったとはいえ、もと旗本を重要な役目に就けるわけにはいかない。そこで、前田家は瀬能家に、珠姫の墓所の管理を任せた。とはいっても、珠姫は藩主の正室として、前田家の墓地に葬られていた。その墓地には前田利家始め歴代の当主、正室も眠っているのだ。別にしっかりとした墓守が何人もいる。瀬能家の手出しはできず、実質無役と同じであった。

「どうだ。御為派に尽くせば、瀬能も金沢で受け入れられるぞ。儂のように人持ち組頭の地位を約束されるところまではいくまいが、もう、縁談が断られることもなくなるぞ」

侮《あざけ》りを津田が続けた。

「よくご存じだが、小者だな、おぬし」

数馬は鼻先で笑った。

「どういうことだ」

津田が笑いを消した。

「吾《われ》には許嫁《いいなずけ》ができた。それを知らぬというのは、さして重要な地位に、おぬしはついていないという証《あかし》。いや、知らされないただの駒」

「無礼な」

遠慮ない嘲笑に津田が言い返した。

「駒などと……きさまたちこそ、前田直作の身代わりを作ったではないか。馬に乗らされ、主君の代わりに鉄炮で射貫かれたうえ、崖から落ちた者こそ駒であろう」

「藁で作った人形《ひとがた》のことならば、そのとおりだな。ちゃんと役目を果たしてくれただけに、同じ駒とはいえ、おぬしよりは役に立つ」

「藁の人形……」

津田が呆然となった。

「主君を守る。見ればわかるだろうが、拙者《せっしゃ》の家士も、前田さまの家臣も、皆腕のある者ばかりを選んである。普通に剣で襲われたならば、さほど脅威ではない。だが、飛び道具は防げぬ。なにせ、はるか遠くから撃ってくるからな。対応を考えるのは当然であろう。なんのために、深見に前田さまが馬に乗られると聞かせたと思っているのだ。このていどのことさえわからぬ。やはり使い走りあるいは、使い捨ての駒だな」

あからさまに数馬は嘲笑した。

「その口、きけぬようにしてくれる」

激怒した津田が、間合いを詰めてきた。

「…………」

つい今しがた、怒りがどれほど剣先を鈍らせるか、実感したばかりである。数馬は、津田の動きを完全に見切っていた。

「死ねっ」

まっすぐ落とされた切っ先が、数馬の五寸（約十五センチメートル）手前を過ぎた。

「えっ」

渾身《こんしん》の力をこめた一撃が、当たらなかったことに津田が驚愕《きょうがく》した。それでも剣先を流さず、地を撃つ前に止めたのは見事であったが、上半身に大きな隙《すき》を作ってしまっていた。

「ふん」

隙を見逃すようでは、真剣勝負で生き残れない。数馬は遠慮なく太刀を振るった。

「がっ」

左の首根を刎《は》ねられた津田から、血が噴いた。

「あああ」

太刀を捨てて、傷を手で押さえたが、首の血脈から出る血は、そのていどでどうにかなるものではなかった。

「……そんな」

血の勢いがなくなり、津田が泣きそうな顔で崩れた。

「鉄炮で人を狙うなどというまねをするからだ。戦国の世でもあるまいに、人を殺して出世してどうなると」

数馬は息を吐《は》いた。

「津田玄蔵を討ち取ったりぃ」

深く息を吸ってから、数馬は叫んだ。

「……津田さま」

「津田どのが……」

御為派を称していた刺客たちに大きな動揺が走った。

「去る者は追わぬ。ただし、金沢には帰るな。もし、城下で見かければ容赦はせぬ」

すばやく前田直作が大声を出した。

「死にたくない」

生田と対峙していた若い刺客が背を向けて逃げ出した。

「嫌だ」

「もういい」

たちまち刺客たちが算を乱した。

「後を追うな」

釣られて駆け出そうとした家臣たちを前田直作が制した。

「窮鼠《きゅうそ》猫を嚙《か》む、になる。逃げる敵は放っておけ」

ふたたび前田直作が釘を刺した。

「殿。ご無事で」

石動が駆け寄ってきた。

「ああ。そなたも大事ないな」

数馬も返した。

「……矢」

鉄炮の撃ち手であった丸仲へ近づいた数馬は、その首に短い矢が刺さっているのを見つけた。

「短弓でございますな」

石動が矢を見て告げた。

「……短弓」

数馬は初めて見る矢に興味を持った。

「お触りになられてはいけませぬ」

手を伸ばした数馬を石動が止めた。

「毒が塗られておりましょう。それもかなりのものが」

「どうしてわかる」

数馬は問うた。

「矢の刺さっている位置が、首とはいえ急所から外れております。これでは即死はいたしませぬ。それでいて矢を抜こうとした跡がない。なにより泡を吹いておりましょう」

石動が異常を指摘した。

「見たことがあるのか」

「はい。猟師が獲物を捕るのに使っているところを見たことがございまする」

訊かれた石動が答えた。

「なんのために……」

「必殺を期さねばならぬからでございましょう。一撃で倒せなければ、鉄炮で前田さまが撃たれていたかも知れませぬ」

疑問を口にした数馬へ、石動が述べた。

「誰だ」

前田直作の一行に弓使いはいなかった。

「わかりませぬ。ただ、この者の倒れている姿勢、矢の方向などから考えて、あの林のなかから射たのではないかと」

石動が指さした。

「もはや、おるまいな」

「はい。我らに姿を見られてよいならば、顔を出しておりましょう」

林のなかを見つめる数馬に、石動が付け加えた。

「一応味方のようだが……」

「瀬能」

悩んでいる数馬を前田直作が呼んだ。

「はい」

数馬は前田直作のもとへ向かった。

「貴殿の策のおかげで助かった。幸い、家臣たちも軽い怪我ですんだ。このまま第二陣を突破してしまいたい」

「承知いたしましてございまする」

急ぎたいとの言葉に、数馬は首肯した。

「石動、鉄炮を」

「はい」

数馬に命じられた石動が鉄炮を崖から投げ捨てた。鉄炮は引き金や火ぶたにからくりが使われている。高いところから落とせば、からくりが壊れ、使えなくなった。

「参りましょう」

太刀を手にしたまま、数馬は先頭に立った。

「続け、瀬能に遅れるな」

前田直作が、家臣たちを動かした。

「逃げた者がいる。まちがいなく、向こうは一陣が敗れたと知っていよう」

足を速め、隣に並んだ前田直作が懸念を表した。

「どうすると思う」

「一度退いて態勢を立て直すか、このまま戦いを挑んでくるか」

「うむ。そのうちのどちらをとるか」

数馬の意見を前田直作が認めた。

「わたくしならば、退きまする」

己の考えを数馬は口にした。

「儂もそうする。第二陣がよほど厚くなければ、一陣がやられて動揺したぶん、状況は悪い。逃げて来た者から、こちらが強いと伝わっていようからな」

前田直作も同意した。

「だが、楽観はできぬ。先ほどの瀬能が討った津田玄蔵同様、猪《いのしし》武者《むしゃ》が差配《さはい》していれば、よりやる気になる。津田を倒した我らに勝利することで、一層《いっそう》己の手柄を強調できるからの」

「気を抜くわけには参りませぬな」

数馬は気を引き締めた。

三

峠道は頂上をこえれば、あとは下りになる。人の身体の構造からして、上りより下りのほうが足への負担は大きい。

「少し歩みを落としましょう」

生田が提案した。

「いや、かなり予定から遅くなっている。このまま松井田まで駆けよ」

日が落ちかけている。前田直作は夜旅を嫌った。

碓氷峠は、信州《しんしゅう》と上州《じょうしゅう》を分ける。峠をこえて少し行くと、道が一変した。信州側の上りの勾配《こうばい》より、上州側がはるかにきつかった。

「勢いをつけすぎ、前のめりになるな。かといって足下ばかり見るなよ」

前田直作の家士頭《がしら》も務める生田が、一同に注意を促した。

「前に人垣」

曲がった山道の先に、刺客第二陣が展開していた。

「開き直ったか。それとも勝てると思いこんでいるのか」

不意を突くことさえしなかった第二陣に、前田直作があきれた。

「愚かなだけかも知れませぬ」

数馬も疲れていた。

待ち構えていた第二陣だったが、その数は前田直作一行よりも少なかった。

「馬鹿の相手はそろそろ勘弁してもらいたいわ」

前田直作が嘆息した。

「わあああ」

「おうりゃあ」

御為派たちが雄叫びをあげて突っこんできた。

「あれは、政岡《まさおか》」

近づいてくる先頭の刺客を前田直作が指さした。

「政岡……一刀流《いっとうりゅう》道場の師範代」

思わず数馬も先頭の刺客を見直した。

加賀藩ほど大きくなると、剣術の流派も多くなる。城下に道場も林立していた。そのなかでも一刀流の政岡といえば、名の知れた剣術遣いであった。

「まちがいない。剣術師範役への推挙でも約されたのであろうが……」

難しい顔を前田直作がした。

「噂《うわさ》しか聞いておりませんが、かなり遣うと」

太刀を構えながら、数馬が訊いた。誰もが知るような人物のことさえ、まともにわからない。他の藩士との交流がほとんどない瀬能の欠点であった。

「儂も試合を一度見ただけだが、一刀で相手を倒していたわ。相手は中条流《ちゅうじょうりゅう》の名手として知られた者だった」

前田直作が下がりながら言った。

「…………」

数馬は息を呑《の》んだ。中条流は、越前《えちぜん》の出である富田《とだ》勢源《せいげん》という名人が発展させたという関係もあり、加賀で人気のある流派であった。その名手となれば、かなりの遣い手である。それを一刀で破った。政岡の腕は相当なものと思われた。

「殿、わたくしが」

石動が前に出た。

「いや、おまえは前田さまを守れ。おまえの剣は守りに向いている」

肉厚な太刀は、敵の太刀を受けても負けることはない。

「しかし……」

数馬の言葉に石動が躊躇《ちゅうちょ》した。

「我らの任は前田さまを守ることだ。前田さまを討たれてしまえば、吾が生き残っても意味がない。いや、生き残れるわけがない」

前田直作を守れというのは、主命である。主命を果たせなかっただけでなく、一門の命を失わせて、数馬が生きているわけにはいかなかった。次第を報告した後、処罰が下される前に腹を切る。そうしなければ、瀬能の家名が断絶される。

「……はっ」

納得した石動が、数馬から離れた。

「くおうりゃあ」

大声で威嚇しながら、政岡が太刀を上段へ変えた。

一刀流も香取神道流から派生したものだ。伊藤《いとう》一刀斎という稀代《きたい》の名人が流派を体系づけ、大きく飛躍した。

「………」

数馬は政岡の一撃を受けることなくかわした。もとが同じ流派だけに、太刀の動きを予想するのは容易《たやす》い。

「ぬん」

しっかりと太刀を臍《へそ》の位置で止めた政岡が、突きを放ってきた。

「つう」

全身の力をこめる上段の一撃の勢いを止めただけでなく、そのまま連撃できる政岡の技量はかなりのものであった。数馬はかろうじて身体を開くことで、これも避けた。

突きに仕損じはないと言われるが、足首から切っ先まで一本の槍《やり》のようになった一撃は、外されてしまえば、後がない。かといって無理してかわしたため、数馬にも反撃するだけの余裕はなかった。

「りゃあ」

引きながら手先だけで太刀を振るった数馬だったが、無理な一撃はあっさりと政岡に見切られた。

「やるな。瀬能」

すばやく体勢を整えた政岡が口を開いた。

「初対面だと思うが」

「己の有名さを認識しておくべきだな」

政岡が笑った。

「名が知れているという点でいえば、そちらであろう。金沢一の遣い手だそうだな」

言いながら数馬は足下を固めていた。

「拙者の突きを避けたのは、きさまが初めてだ。なに流を遣う」

「道場にかよったことはない」

問われて数馬は首を振った。

数馬の師匠は、父数臣《かずおみ》であった。いや、祖父数右衛門《かずえもん》というべきかも知れなかった。江戸から金沢へ移ったとき、すでに香取神道流の修行を始めていた父数臣は、城下に香取神道流道場がなかったため、免許皆伝を受けていた祖父に師事した。それが数馬にも適用された。数右衛門が亡くなるまで、祖父から教えを受け、以降は父から鍛《きた》えられた数馬は、いまだ道場に足を踏み入れたことさえなかった。

「偽《いつわ》りを申すな。その足運び、腰の位置、独学ではないはずだ。どうやら一刀流の流れを汲《く》むようだが……」

「事実だ」

繰り返しながら、数馬は政岡の足下を見ていた。後ろに跳んだこともあり、二人の間合いは三間（約五・四メートル）少しに拡がっていた。

これだけ間合いが空くと、腕の振り、肩の入りだけでは、切っ先が届かない。どうしても大きく踏みこまなければならないのだ。足に注意していれば、相手の出は読めた。

「まあいい。どこで学んだかを気にする意味はない。倒せばすむことだ」

政岡が口の端をゆがめた。

「真理だな」

数馬も同意した。

殺し合いに流派など関係なかった。それこそ、鉄炮の一撃で、政岡が今まで積んできた鍛練も無に帰す。

「そろそろ決めさせてもらおう。日も暮れそうだ」

「…………」

政岡の雰囲気が変わった。数馬は軽口を叩《たた》くのを止め、集中した。

「やああ」

気合いとともに政岡の左足が、動いた。

「おう」

ぶつけられた気合いを受けながら、数馬も出た。

政岡の両手が高々と上げられたに対し、数馬は太刀を水平に構えた。

香取神道流初伝五つの太刀は、真っ向上段、左右袈裟《けさ》掛《が》け、水平左右の薙《な》ぎからなる。このなかで真っ向上段こそ、もっとも威力を持つ、基本中の基本として叩きこまれた。ただ、真っ向上段は両手を天高く上げるため、胴ががら空きになる。後ろに守るべき者があるとき、攻勢の最たる上段を取るべきではなかった。数馬は一定の範囲を支配できる薙ぎを選んだ。

「りゃあぁ」

さらなる大声を出して、政岡が太刀を落とした。

「ふっ」

小さく息を吐いて、数馬は腰を落とすように屈み、そのまま片手薙ぎに太刀を水平に振った。

上段の疾《はや》さに薙ぎは勝てないが、姿勢を低くしたおかげで政岡の太刀は数馬の頭に届かなかった。長年の修練は、腰より下へ沈んだ数馬を追わず、臍の位置で太刀を止めてしまった。無意識に切っ先が地を擦《こす》ることを嫌ったのだ。

「あつっっ」

その止まった腕の下を通るように、数馬の太刀が政岡の下腹を斬った。あわてて政岡が下がった。

太刀の動きを規制する肩が一つに減るため、片手薙ぎは切っ先が伸びる。その代わり、軽くなる。数馬の薙ぎは政岡の身体に届いたが、袴《はかま》と小袖《こそで》に邪魔されて、致命傷を与えるにいたらなかった。

「浅い……」

数馬は手応えのなさに舌打ちした。

真剣勝負で相手を倒せる好機はそうそうこない。まして腕の差があまりないとき、あるいは相手が上の場合、与えられる機は一度あるかないかである。さらに政岡の一撃を避けるためとはいえ、深く屈みすぎていたため、数馬は追撃さえ撃てなかった。

「……こいつ」

ざっくりと切られた袴を確認した政岡が、数馬を睨《にら》んだ。

「できるな、おまえ」

政岡の目の色が変わった。

「…………」

数馬は体勢を整えて、政岡の動きを待った。

「久しぶりに血がたぎるが、これでは戦いにならぬ」

政岡の袴がずれた。

「ええい、邪魔だ」

太刀で袴の紐《ひも》を落とした政岡が、着流し姿になった。

「おまえとは万全で戦わねば、勝つ自信がないわ」

着流しだと裾《すそ》が足に絡んで、戦いにくい。

「死ぬなよ。吾と戦うまでな」

政岡が背を向けた。

「…………」

追いかける余裕など数馬にはなかった。すぐに味方の援護に向かわなければならなかった。

「終わったか」

数で劣っていたうえに、最大の戦力が脱落したのだ。御為派たちの戦いは長くはなかった。

「よい気分ではないな」

血の海に沈んでいる御為派の士を見下ろしながら、数馬は呟《つぶや》いた。

「武家の定めでございますれば」

独り言に石動が応じた。

「生涯真剣を抜くことさえない武家が当たり前の、泰平の世でもか」

数馬は石動を見た。

「武家の本質は、変わらぬ」

答えたのは、前田直作であった。

「盗賊たちから、荘園を守るために武士は生まれた。そして、武士は力を使い、主の荘園を横領し、近隣へと侵略しだした。守るために生まれた者が、侵《おか》す者に変わった。もともと武士というのは矛盾《むじゅん》を内包したものなのだ」

「お怪我はございませぬか」

語り終わるのを待って数馬は問うた。

「おかげでな、儂は傷一つない。家臣は二人やられてしまったがな……」

倒れている家臣へ、前田直作が目をやった。

「…………」

黙って数馬も目を閉じた。

「人を殺す。それが武家の有《あ》り様《よう》であった時代とは違う。今は徳川家が天下を統一し、争いはなくなった。いや、なくなってはいない。外へ向けて領土を拡大する戦いはなくなったが、なかで権を拡げる争いは続いている。むしろ増えたのかも知れぬな」

前田直作が続けた。

「今回のこともそうだ。殿に五代将軍の座が回ってくる。ありえる話だと思うか」

「いいえ」

問われて数馬は首を振った。

「五代将軍となることができるのは、御三家の御当主と、甲府公、館林公《たてばやし》だけでございまする」

「そうだ。神君徳川家康さまの定めにしたがえば、それしかない。だが、それを大老とはいえ、家臣がまげようとしている。神君家康公のお言葉は金科玉条のはずなのにだ。どうしてか、わかるか」

重ねて前田直作が訊いた。

「……わかりませぬ」

素直に数馬は答えた。

「簡単なことだ。神君家康公は死んでいるからよ」

「えっ……」

意外すぎる回答に、数馬は間抜けな声を漏《も》らした。

「死人《しびと》はなにもできぬ。死人は配下に罰を下すことも、褒美《ほうび》をやることもできぬ」

あっさりと前田直作が告げた。

「それはあまりに乱暴ではございませぬか」

思わず数馬は口にした。

「まちがっているか。瀬能、おぬし、死人がなにかしてくれたという話を知っているのか。念のために言うが、己の目で確認できたことにかぎるぞ」

「……ございませぬ」

あるわけはなかった。死人は、指一つ動かすことができない。

「であろう。だから酒井雅楽頭《さかいうたのかみ》は、神君家康公の定められた、将軍家に人なきときは御三家から出すべしという御諚《ごじょう》を無視したのだ」

「しかし、そのようなまねは許されますまい。神君家康公のお定めに逆らうなど……」

「誰が咎《とが》めるのだ」

数馬の反論を前田直作が途中でさえぎった。

「……大名の瑕疵《かし》を糺《ただ》すのは大目付《おおめつけ》でございましょう」

「大目付は老中の配下ぞ。大老に手出しはできまい」

前田直作が述べた。

大名の非違《ひい》を監察する権を与えられている大目付は、建て前上、上司である老中を糾弾《きゅうだん》できた。だが、実際、上司へ牙《きば》を剝いて無事ですむはずはなく、実質なにもできなかった。

「では、執政衆が」

「酒井雅楽頭は大老である。執政の頭《かしら》ぞ」

「上様がなさいましょう」

ならばと数馬は述べた。

「上様が、そうせい侯と呼ばれていることくらい、知らぬはずはあるまい」

四代将軍家綱《いえつな》は、あまり身体が丈夫でなかったうえ、父家光の代からの執政松平伊豆守《まつだいらいずのかみ》や阿部豊後守《あべぶんごのかみ》らが補佐していたのもあって、政《まつりごと》に興味を持っていなかった。老中から決裁を求められても「そうせい」としか言わないことから、陰でそうせい侯と呼ばれていた。

「…………」

言いぶんを潰《つぶ》されて、数馬は沈黙した。

「己を罰する者がいない。これをなんというか。わかるかの」

ゆっくりと前田直作が尋《たず》ねた。

「神でございましょうや」

数馬は言った。

「いいや。人は神にはなれぬ。人が神になるのは、死んでからよ」

前田直作が否定した。

「わからぬか。罰せられない者。それは天下人だ」

「なつ、なにを」

前田直作の口から出た言葉に、数馬は絶句した。

「では、酒井雅楽頭さまが天下人だと」

「そう聞こえたか」

数馬の確認に、前田直作が述べた。

「え……」

言われてもう一度数馬は、会話を思い出した。

「そうとしか取れませぬが」

「さすがの瀬能も、まだ足りぬか」

前田直作が残念そうな顔をした。

「政をする者は言葉の裏を読まねばならぬ」

「わたくしは政にはかかわりございませぬ」

諭《さと》そうとする前田直作へ、数馬が抗議した。

「まだわかっておらぬのか。本多政長の娘婿《むすめむこ》になるという意味が」

「…………」

数馬は黙るしかなかった。

「あの本多政長ぞ。徳川家に天下を取らせた軍師本多佐渡守正信《さどのかみまさのぶ》の孫、堂々たる隠密と言われた本多安房守政重《あわのかみまさしげ》の息子、その政長がなにもなく愛娘《まなむすめ》を千石風情に出すわけなかろう」

前田直作があきれた。

「さすがに藩老の地位に引きあげることはないだろう。瀬能は筋が筋だからな」

もと旗本という系統は、加賀では浮くしかなかった。

「だが、その手伝いをすることはできる。できるではないな、させる。でなくば、娘婿とする意味はない」

気に入ったからと琴姫は数馬への嫁入りの理由を告げていた。

「さあ、儂に女の真意はわからぬ」

小さく前田直作が首を振った。

「なれど執政として、本多政長の考えはあるていどわかるつもりだ。儂の申したこと、当たらずとも遠からずだと思うぞ」

前田直作が語った。

「さて、先ほどの答えだが……罰せられぬのは天下人だと言った」

「はい」

数馬は首肯した。

「その裏とはな……大老が罰せられぬのは、天下人が許しているからということよ。おそらく本多政長も同意見だと思うぞ」

「では、藩主公を五代将軍へというのは、上様が」

「…………」

無言で前田直作が首を縦に振った。

「上様には弟君がおられまするぞ」

「琴《こと》どのは……」

大声を数馬はあげた。

「お気に入らぬのであろうな。兄弟などそういったものだ。弟は兄だというだけで、将軍になれたとうらやみ、兄は己の死を待っている弟を疎《うと》ましく思う」

「そんな」

「天下というのは、親子、兄弟で奪い合うものだ。徳川の歴史を見ればわかる。三代将軍を家光《いえみつ》公、忠長《ただなが》公が奪い合ったのは、瀬能も知っておろう」

「では、殿は」

数馬は前田直作を見た。

「外様《とざま》最大の前田家を幕政に組みこめるのだ。百万石は幕府にとっても大きい。ここに前田家の事情は加味されぬ。大老にとって、いや幕府にとってのつごうだけしかない」

前田直作が死んでいる者たちを見た。

「加賀のためと信じて死んだ者たちのことなど、幕府は気にもしない。天下人というのはそういうものなのだ」

苦い顔で前田直作が吐き捨てた。

第二章　総登城

一

噂《うわさ》は拡散する。これを止めることは誰にもできなかった。

まず四代将軍徳川家綱の病状が悪いという噂が流れ、続いて執政が五代将軍の選定に動いているという話が江戸城下に拡がった。

そこまではまだよかった。人はかならず死ぬものであるし、将軍家もすでに四回代替わりを経験している。

庶民は将軍がどうあろうとも知ったことではない。また、大名、旗本には多少の影響はあるだろうが、武家の大多数にはかかわりのない雲の上の話である。さすがに、寄れば家綱の病状を案じ、その快癒《かいゆ》を願う言葉を口にし、そのあとで万一のときは誰が将軍になるだろうかという話くらいはする。

それが激変した。

前田綱紀《つなのり》が五代将軍となるかも知れないという噂がもたらされたのだ。最初は、よくあるよた話扱いであった。だが、その出所が酒井雅楽頭《うたのかみ》だと知ったとたん、騒動になった。

たしかに前田綱紀は二代将軍秀忠の曾孫《そうそん》である。将軍家を継ぐ資格がないとはいえなかった。しかし、前田家は外様《とざま》であり、徳川にとって敵に近い。資格を持つ敵。その登場に、大名、旗本たちは混乱した。

「前田どのならば、外様の苦労もご存じである。我らの苦衷《くちゆう》を汲《く》んでくれよう」

「正統を汚すにもほどがある」

期待を持つ者がいれば、激怒する者もいた。

ただ、噂でしかない。まだ、幕府から正式に公表されたものではない。非公式に、こういう話が、静かに進んでいるのではないかというていどである。

「真実《まこと》でございましょうか」

かといって、誰も酒井雅楽頭に問えるはずもなかった。なにせ酒井雅楽頭は大老である。それも政務に興味を持たなかった家綱から全権を与えられ、下馬《げば》将軍とあだ名されるほど専横を振るっている。その酒井雅楽頭へ噂の真相など尋《たず》ねられる度胸のある者など、天下に一人も居なかった。

表だって訊《き》けないならば、裏で動く。諸藩の留守《るす》居《い》役《やく》は、こぞって酒井家、前田家へ集まってきた。

「たしかに、前田家の留守居役どのを殿が呼ばれましたが、どのような用件であったかまでは存じませぬ」

酒井家の留守居役大泉市介《おおいずみいちすけ》は、何十回と繰り返される質問にも、嫌な顔をすることなく応じていた。

「では、前田さまが五代さまにというのは真実《まこと》でございますな」

答えをそのとおりに受け取っているようなら、留守居役など務まらなかった。相手が隠したがっていることを嗅《か》ぎ出せて、はじめて一人前扱いされる。

「そのような噂があるとは聞いておりまする。が、はたしてできましょうや。先代家光さまのときにも同じ話がございましたな」

大泉が酒を口にしながら述べた。

先代の話とは、三代将軍家光公存命中のことだ。前田家三代藩主光高《みつたか》を江戸城西の丸に入れようという動きがあった。その理由は家光が女に興味がなく、男色に耽《ふけ》ってばかりいたからであった。家光に子ができそうにないことを危惧《きぐ》した大御所秀忠が、光高を家光の養子にしてはどうかと発案したのだ。

光高は秀忠の娘珠姫と加賀藩主前田利常の間に生まれた嫡男《ちゃくなん》であり、秀忠にとっては孫にあたった。この話は秀忠の死去とともに消え去ったが、しっかり前例として残った。それが今回の騒動の裏打ちとなっていた。

「ゆえにあり得ぬ話ではございますまい」

大泉を接待していた留守居役が身を乗り出した。

「あり得ぬ話ではございませぬな。もし、上様がそのようにお命じになれば、前田さまが五代将軍となられまするからな」

暗に大泉は、主君酒井雅楽頭の考えで決まるものではないと言った。

「……上様のお気持ちなど、雅楽頭さまのお心しだいでございましょう」

留守居役が述べた。

「それは聞き捨てなりませぬな。主《あるじ》雅楽頭が上様を思うがままにしていると仰《おお》せられるのでございますか」

大泉が厳しい顔をした。

「そ、そのような……」

顔色を留守居役が変えた。

「では、この辺でわたくしは……」

落ち着きのなくなった留守居役を残して、大泉はさっさと座を立ち、奥へと入った。

「お早いお見えでございまする」

大泉を迎えたのは、馴染《なじ》みの妓《おんな》であった。

「無駄《むだ》なときを過ごした」

大泉がぼやいた。

「それはもったいのうございました」

妓が大泉の着替えを手伝った。

「今少し早くにお見えいただければ、ご一緒できましたものを」

部屋の隅に片付けられている膳を妓が見た。

吉原《よしわら》では、妓の食事は昼だけしか出されない。朝は、まだ客と寝ているため供されないし、夜は客におごってもらう決まりなのだ。客が付かなければ、夕餉《ゆうげ》と朝餉《あさげ》を抜かなければならなくなる。本来、今宵《こよい》の客である大泉の登楼《とうろう》が遅いため、妓に夕食は与えられないはずだったが、それを哀れんだ大泉の手配で膳が出されていた。

「もう少しなにかとるか」

大泉が足りないのかと妓に問うた。

「もう。好きなお方と食べたかったと申しただけでございまする」

妓が甘えた。

「儂《わし》も腹の出た男と酒を飲んでもうまくはないわ。少し飲み直そう。八坂《やさか》」

「あい」

いそいそと妓が部屋を出て行った。

酒を飲みおわれば、男女のすることは一つしかなくなる。身体《からだ》を重ねた二人は、夜具の上で荒い息を整えていた。

「ご無礼を」

八坂が懐紙を手でよくもみ、大泉の後始末をおこなった。

「少し御免《ごめん》くださいませ」

そのあと八坂は前を合わせただけのしどけない姿で、部屋を出て厠《かわや》へ行った。己《おのれ》の後始末を客に見せないのも、妓のたしなみであった。

「失礼をいたしました」

すぐに戻って来た八坂が、大泉の隣に身を横たえた。

「そなたとおるとほっとできる」

大泉が手を伸ばして抱き寄せた。

「うれしいことを」

身をくねらせて八坂が大泉の腕のなかへ入りこんだ。

「まったく、馬鹿が多くて困る」

ほどよく実った八坂の胸をもてあそびながら、大泉がぼやいた。

「…………」

息を少しだけ荒くしながら、八坂が大泉を見上げた。

「留守居役は酒を飲ませ、女を抱かせるだけが仕事ではない。たしかに人は、金を遣《つか》ってもらうと引け目を感じ、多少なりとも返礼をしなければならないと思うものだが、重なれば、ありがたみが薄れ、あたりまえになる」

大泉が手の動きを大きくした。

「あまりきつうされますると、辛《つろ》うございまする」

八坂がやさしくして欲しいと願った。

「つい力が入った。恨《うら》みがあるならば、藤堂《とうどう》の留守居役へ言ってやれ」

責任を転嫁しつつも、大泉が力を抜いた。

藤堂は伊勢《いせ》の津《つ》城主のことである。築城の名手として鳴らした藤堂高虎《たかとら》を祖とし、三十三万石を領している。

「藤堂さまの……」

甘やかに眉《まゆ》をゆがめていた八坂が声音《こわね》を変えた。

「なにかあったのか」

「昨日も、その前もお見えでござんした」

大泉の問いに、八坂が答えた。

「連日か。その二日の相手はわかるか」

「相手をいたしたのはわたくしではございませんので、尋ねなければなりません」

八坂が首を振った。

「訊いてくれ」

さっと大泉が立ちあがり、乱れ箱のなかから紙入れを取り出した。

「これをな」

十匁《もんめ》の小粒銀を八坂に大泉が渡した。

「……いやなお方」

愛撫《あいぶ》の手を止められたことに不満を見せながら、八坂が金を預かった。

「あとでお返しをいたしまする。今宵は寝かせませんせん」

口を尖《とが》らせて八坂が、部屋を出て行った。

「……ふっ」

見送って大泉が頬《ほお》をゆるめた。

「お邪魔をいたしまする」

しばらくして八坂に連れられて、中年の男が顔を出した。

「そなたは……権造《ごんぞう》であったな」

男は遊郭の雑用をこなす男衆《おとこし》であった。

「いつもお気遣《きづか》いありがとうございまする」

最初に深く権造が頭を下げた。

「いや、で、覚えていることを言え」

「へい。二日前は、富山の大島《おおしま》さまでございました。で、昨日は越前《えちぜん》福井の須川《すがわ》さまで」

権造が答えた。

「どんな話をしていたかは……」

「それはちょっと」

権造が拒否した。

「わかった」

大泉も退いた。

客を接待する場所の責任は、呼んだ側にある。そうそう簡単に客の話を外に漏《も》らすような見世《みせ》では、安心して密談できなくなる。留守居役の場合、遊びは付け足しであり、情報の交換が主たる目的なのだ。情報一つが千金の値を持つことも珍しくはない。それを金であっさりと漏らすようでは、顧客の信用は地に落ちる。大泉もそうだ。訊いて答えてくれれば、相応の礼をするが、二度と己の接待で、その見世は使わない。

「大島どの、須川どののご機嫌はどうであった」

「敵娼《あいかた》がお気に召したのか、翌日のお昼まで逗留《とうりゆう》いただきました」

このていどならば話していいのだろう。権造が述べた。

吉原には他の遊郭にはない独特の決まりがあった。その最たるものが「馴染《なじ》み」であった。馴染みは客と遊女を夫婦《めおと》に仕立てることをいい、一度馴染みとなった客は、その遊女以外の妓とわりない仲になるのを禁じられた。

ただ、これにも例外があった。その一つが、接待であった。接待は、もてなす側のつごうで見世が決まる。馴染みのいる見世以外で、接待を受けたとき、他の妓と馴染みなのでと断ることは難しかった。それは接待してくれた側に恥をかかせる行為であり、される側としてはまずかった。恥をかかされた側は、かならずその報復をする。そう、次に接待側の攻守が替わったとき、同じ目に遭《あ》わされるのだ。他藩や幕府との外交を担《にな》う留守居役として、これはどうしても避けなければならない問題である。もちろん、接待の舞台として使ってもらっている吉原にとっても売り上げの多寡《たか》に響く。そこで、接待の場だけが特例となっていた。

「ご機嫌か……けっこうだ。もう、下がっていいぞ」

「へい」

大泉が手を振り、権造が去った。

「八坂、来い」

「あい」

そのあと大泉は、女体に淫した。

留守居役の仕事は接待と、江戸城内に設けられた留守居控えでの情報収集であった。

夜明けとともに吉原を出た大泉は、そのまま江戸城留守居控えへ出勤した。

「おはようございまする」

「これは大泉どの」

飛ぶ鳥を落とす勢いの大老酒井雅楽頭の留守居役である。留守居控えでの扱いも格別であった。

譲られるようにして上座へ腰を下ろした大泉の回りを、たちまち他藩の留守居役が取り囲んだ。

「大泉どの」

最初に声をかけてきたのは、御三家紀州《きしゅう》徳川家の留守居役であった。幕府との関係を考慮しなくていい御三家である。留守居役は他藩と違って、さほど重要ではなく、御三家の姫あるいは世子以外の息子を押しつける先を探すだけが仕事に近い。その留守居役が、顔色を変えていた。

「どうなされた、多野《たの》どの」

席に着いた大泉は、煙草《たばこ》に火をつけながら訊いた。

「雅楽頭さまが、次の将軍家を定められたと聞きましたが。真実《まこと》でござるか」

「そのような話をどこで」

腹芸さえない直截《ちょくせつ》な質問に、大泉が苦笑しながら確認した。

「須川どの、大島どのが言われて……」

多野が二人の顔を順に見た。

「まちがいございませぬかな」

大泉が二人を見つめた。

「いいえ」

「そのような噂があるとは、多野どのとお話ししましたが」

あわてて二人が否定した。

「えっ」

首を振られた多野が戸惑った。

「多野どの、根も葉もない噂でございまするよ。なにより、上様はまだお若い。今はいささかご体調が優れられぬだけで、まだまだ次代の話をするのは時期尚早《しょうそう》。噂を真に受けられて、目立つようなまねをなさいますと、大事を招きかねませぬぞ」

「……大事」

多野の腰が引けた。

「さよう。紀州家は、すでに上様のご寿命を見限り、五代将軍となるべく策動を始めていると……」

「それは」

「謀叛《むほん》と同じでございますな。頼宣《よりのぶ》さまのことをもう一度蒸し返すことになりかねませぬぞ。大目付《おおめつけ》さまからご下問あれば、わたくしは今のやりとりを話さなければなりませぬ」

冷たく大泉が言った。

「ま、待たれよ。そのようなつもりではございませぬ」

多野の顔色がなくなった。

紀州藩には一度謀叛の疑いがかけられていた。それは三代将軍家光が死んで、四代将軍家綱が誕生した直後の慶安《けいあん》四年（一六五一）、江戸と大坂、京、駿河《するが》で浪人たちが共謀して挙兵しようとした一件に頼宣がかかわっていたと疑われたためであった。

軍学者由井正雪《ゆいしょうせつ》が首謀者であったことから、由井正雪の乱と呼ばれている謀叛は、訴人があり未然に防がれた。問題は、自害した由井正雪の計画を記した書付《かきつけ》のなかに、紀伊徳川家当主頼宣の名前があったことだ。江戸で由井正雪の一味、丸橋忠弥《まるばしちゆうや》が起こした騒動に応じて、紀州家の提灯《ちようちん》を持った一行が江戸城へ将軍保護を理由に侵入、松平伊豆守《まつだいらいずのかみ》らを殺して、家綱を人質にし、頼宣へ将軍職を譲らせるという計画だと書かれていた。

そこで幕閣は頼宣を召喚《しょうかん》、厳しく詮議《せんぎ》をしたが、頑強《がんきょう》に否定され、それ以上の証拠もなかったことから、紀州家に罰は下されなかった。とはいえ、幕府が頼宣に深い疑念を持ったのはたしかで、十年の間、国入りの許可を出さないほど警戒をした。その頼宣が死んで、ようやく紀州家への対応もおだやかになってきたおりに、またもや謀叛の噂が立つのはまずかった。

「お気を付けなされ」

大泉が諭《さと》した。

「申しわけなし」

すごすごと多野が、部屋の隅へと下がっていった。

「昨夜はお楽しみでござったのかな」

多野に代わって声をかけたのは、親しく往来している越後《えちご》松平光長《みつなが》家の留守居役であった。

「おわかりか」

「鬢付《びんつ》けがいつもと違いましょう。これは吉原の三浦屋《みうらや》のものでござろう」

越後松平の留守居役が笑った。

「やれ、匂《にお》ったか」

鬢に手をやった大泉が苦笑した。

「連夜は、どうでござろう」

今夜の誘いを越後松平家の留守居役がしてきた。

「さすがに辛《つら》い。主に報告も致さねばならぬゆえ、明夜ではいかぬかな」

「明夜で結構でござる。卍屋《まんじや》でよろしいかの」

己の馴染みの見世でいいかと留守居役が尋ねた。

「おまかせするが、次はこちらに任してくれよ」

馳走《ちそう》になるだけでは、関係が崩れていく。大泉が条件をつけた。

「承知した」

留守居役が首肯《しゆこう》した。

「……あとで少しいいかの」

話を終えて、立ち去りがてらに留守居役が小声で言った。

「主の下部屋に、一刻（約二時間）のち」

声を潜《ひそ》めて、大泉が応じた。

小さくうなずいて越後松平家の留守居役が次と交代した。

「大泉どの……」

入れ替わり立ち替わり来る他藩の留守居役から大泉が解放されたとき、一刻近くが経っていた。

「遅くなった」

すでに待っていた越後松平家の留守居役に、大泉が詫《わ》びた。

留守居役控え室から、少し右へ進んだ突き当たりに、老中たち執政衆の下部屋があった。

下部屋は役目に応じて与えられる着替えや食事などをするための休憩場所であるが、老中だけは一人で一部屋使用できた。

「お入りあれ」

老中たち執政の下部屋は、自藩の留守居役が密談場所として使うことが黙認されていた。

「お邪魔いたす」

越後松平家の留守居役が従った。

「早速だが、お話というのは」

大泉が問うた。

「今朝《けさ》、早馬が参って、前田家の家臣たちが高田《たかだ》の城下を過ぎたとのこと」

「いつの話でござる」

「三日前ということでござる」

留守居役が答えた。

「…………」

「あと、前田家の一行は二手であったそうだ」

「それは……」

大泉が先を促《うなが》した。

「後から来た一行に、前田直作どのがおられた。これは、脇本陣の記録でわかった」

「……前はどうしてわかったのでござるかな」

情報は正確でなければ困る。大泉が根拠を求めた。

「知った顔があったのだそうで。加賀藩でも知れた遣い手が、先行組のなかに」

留守居役が述べた。

「なるほど」

大泉が納得した。

「もう一つ」

「…………」

付け加えようという留守居役を大泉は見た。

「高田の城下を一日遅れて出た早馬が、途中、松井田の宿で聞いた噂でござる」

「噂……」

わざわざ断ったことに、大泉が眉《まゆ》をひそめた。

「確認しておりませぬでな。これは、あくまでもわたくしが噂話をしているとお取りいただければ……」

厚意だと留守居役が告げた。

「かたじけない」

軽く大泉が頭を下げた。

「さて、早馬の藩士が仕入れてきたのは、碓氷峠《うすいとうげ》で侍同士の争いがあったと」

「侍同士の……」

大泉の目が光った。

「松井田の宿に何人もの怪我人が担《かつ》ぎ込まれたそうでございまする」

「……それはどちらでござろうな」

「前田直作さまのご一行とは、途中ですれ違ったと早馬の藩士が申しておりました。数も減ったようには見えなかったようで」

「……いや、よいお話を聞かせていただいた」

大仰《おおぎょう》に大泉が感謝した。

「いえいえ。お役に立てればと思い、お呼び立てをしてしまいました」

翌日の夜会う約束をしていながら、その前に伝えたのだと、留守居役が暗に恩を着せた。

「助かり申した。このお返しはいずれ」

大泉が借りだと応えた。

二

戦いを終えて松井田の宿《しゅく》に一泊した一行は、中山道《なかせんどう》をひたすら江戸へ向かって進んでいた。

「瀬能」

前田直作が呼んだ。

「はい」

少し前方を歩いていた瀬能数馬は、速度を落とし、前田直作と並んだ。

「またあると思うか」

「……ないと断じる根拠がございませぬ」

数馬はさらなる襲撃を予想しておくべきだと言った。

「どこだと思う」

「わたくしは、江戸に近づいてからではないかと思いまする」

問われて数馬は述べた。

「油断か」

目的地が近くなると誰でもほっと肩の力を抜く。そこを狙うのは常道であった。

「だけではございませぬ。江戸屋敷から援軍を出すにも、半日で着けるていどでなければごまかせませぬ」

数馬が付け加えた。

藩士には門限があった。無断での外泊は、逃亡と同じ扱いを受け、絶家が決まりであった。反前田直作で占められている国元ならば、どうとでもできるが、藩主綱紀のいる江戸では難しい。

御為派《おためは》などと義をうたっているが、誰も吾《わ》が身はかわいい。できれば、藩を追われたくなどないのだ。となれば、一日の間に往復できる範囲と特定できた。

「中山道最後の宿である板橋《いたばし》は、江戸市中ではないが近すぎる。どこに他人目《ひとめ》があるかわからぬ。となれば、その手前、蕨《わらび》か浦和《うらわ》」

前田直作が口にした。

「どのようなところでございましょう」

旅が初めての数馬は、風景を思い浮かべられなかった。

「松並木が両側にある。道幅は六間（約十・八メートル）、宿場には違いないが、どちらも江戸から近すぎるためか、さほど賑《にぎ》わってはいない」

問われた前田直作が答えた。

「人気《ひとけ》があまりないと」

「まったくないわけではないぞ」

「…………」

数馬は思案した。

「二人ほど物見に出そうか」

前田直作が言った。

金沢を出て、二度の襲撃を受けた結果、一行の人数は三人減っていた。

「物見は欲しいところでございますが、もし途中で待ち伏せを喰《く》らえば……」

「なにも情報を得られないうえ、戦力を二人失うか」

数馬の懸念に前田直作が難しい顔をした。

「犠牲を覚悟すべきか」

「わたくしが参りまする」

前田直作家の家士頭《がしら》、生田《いくた》が名乗りをあげた。

「ううむう」

決死の覚悟を見せる家士に、主君がうなった。

「瀬能さま」

林彦之進が口を挟《はさ》んだ。

「なんだ」

数馬が尋《たず》ねた。

「主より金を遣えと言われておられたはず」

厳しい目つきで林が言った。林は瀬能数馬の家士として行列に加わっていたが、そのじつは、加賀藩筆頭家老本多政長から数馬の教育を命じられた家臣であった。

「金など、ここでどう遣うというのだ」

旅立ちの前日、数馬は本多政長より、自在に遣えと五十両の金を渡されていた。そのうち、碓氷峠での戦いに備えて馬代や手綱《たづな》引きの日当、心付けなどで六両ほど消費していたが、まだ四十両以上の金が残っていた。

「相手より多数の兵がいれば、分けるのも一策でございましょう。しかし、かなり数を減らしたとはいえ、向こうは江戸屋敷からの補充ができまする。対してこちらは、減るだけ」

「江戸にある屋敷に何人かはおるぞ」

林に前田直作が言った。

一万石をこえる石高を持つ前田直作は、陪臣《ばいしん》ながら江戸に屋敷を持っていた。といったところで、たいした人数を常駐《じょうちゅう》させているわけではなかった。

「五人ほどならば、出せよう」

前田直作が告げた。

「それはよろしくございますまい」

林が首を振った。

「どういうことだ」

「前田さまのお屋敷は、見張られておりましょう。そこから人が集まって出れば……」

「襲われるだけか」

言われた前田直作が表情を曇らせた。

「本多屋敷に援軍を求められぬか」

数馬は林に尋ねた。本多家は五万石である。江戸に前田直作家よりも大きな屋敷を持ち、けっこうな数の家臣を置いていた。

「本多はこの度《たび》の争いにかかわらぬ体《てい》を取っておりまする」

林が拒否した。

本多家は徳川家康の軍師本多佐渡守《さどのかみ》正信の次男を祖としている。本来ならば、幕閣に参し、天下の政を担っておかしくはないのだが、初代政重が家中で争い同僚を殺したため、徳川家を離れ、前田家に仕えていた。もっとも、政重は前田家に仕える前、上杉《うえすぎ》、宇喜多《うきた》、福島《ふくしま》などの豊臣恩顧《とよとみおんこ》の大名を渡り歩いていた。そして、そのどれもが徳川から手痛い目に遭《あ》わされている。謀臣として名の知れた佐渡守正信の子供であることもあって、徳川を放逐《ほうちく》された形を取りながら、そのじつ、外様《とざま》の大大名に入りこんだ隠密との噂があった。

だけに、加賀百万石の当主前田綱紀を五代将軍へという今回の話から、一定の距離を置いていた。賛成すれば、やはり加賀を売る者として、藩内の反発は大きくなり、反対すれば、裏になにかあるのではないかと疑われる。

「だが……」

言いつのろうとして数馬は、林の目が冷たく光っているのに気づいた。

「本多どのの助力はこれ以上望んでおらぬ」

前田直作が助け船を出した。

「いや、要《い》らぬ。これは、前田の一族だけですませなければならぬことだ」

はっきりと前田直作が告げた。

「前田の一族だけ……」

「そうだ。綱紀さまを将軍家へ差し出したならば、加賀百万石の家督《かとく》はどうする」

わからないと首をかしげた数馬へ、前田直作が問いかけた。

「富山や大聖寺《だいしょうじ》に渡すわけにはいかぬぞ。どちらから養子をとっても、借財を棒引きするだろうからな」

富山と大聖寺は加賀藩の分家である。加賀前田家の二代利常が三代光高に家督を譲るとき、次男と三男に領地を分け与えて立藩させた。その経緯からともに本藩へ莫大《ばくだい》な借財を持ち、あまり良好な関係を保てているとはいえなかった。

「いかに百万石とはいえ、数万両の金をなくすわけにはいかぬ。それに、養子はかならず側近を連れて来る。その側近たちが、本藩の政《まつりごと》を牛耳《ぎゅうじ》るなど、とんでもないことだ」

前田直作が嫌悪の口調で述べた。

分家から本家へ養子に入る。もともと分家は本家の血筋を絶やさないために作られたものである。跡継ぎのいなくなった本藩へ人を出すのは、本来の役目であり、どこから邪魔されるものでもなかった。

とはいえ、そのように単純なものではなかった。

養子として本家を継ぐ。庶民の嫁入りではない。たった一人で、養子に行くはずもなく、分家から信頼できる家臣を連れて行くことになる。いや、藩ごと本家と合併するのもめずらしくはない。

そうなればどうなるかなど一目瞭然《りょうぜん》であった。

分家から本家へ入った藩主は、まちがいなく連れてきた家臣たちを重用する。当初は遠慮して、用人など身近で使うだけだが、そのうち一人、二人と執政に引きあげていき、代わりに本家代々の宿老《しゅくろう》を遠ざけていく。

「分家から来た養子を、本家の宿老たちは下に見る。養子風情が偉そうな態度をとるなど、なにさまだと。そして養子は反発する。養子とはいえ、藩主である。本家の家老がどれほどのものであろうとも、家臣ではないかとな」

苦い顔のまま前田直作が続けた。

「やがて、家中は二つに割れる。養子派と宿老派にな。お家騒動よ」

「たしかに、仰せられるとおりでございましょう。では、なぜ、前田さまは、藩公を将軍にと言われるのでござるか」

すなおに数馬は訊いた。

「次の藩主とお考えの方がおありなので」

「言えぬ」

前田直作が拒《こば》んだ。

「なぜでございまするか」

「おぬしには、まだ、政にかかわる覚悟がない。いや、政のなんたるかがわかっていない」

厳しく前田直作が断じた。

「…………」

数馬は黙るしかなかった。

「藩士というのは、ただ毎日いるだけで禄《ろく》がもらえる」

「そのようなことはございませぬ」

さすがに数馬は反発した。

「では、訊こう。おぬし、いや、瀬能家は千石もらうにふさわしい働きをしてきたと言えるのか。たかがと申してはなんだが、珠姫さまの墓守であろう。墓守ならば十石でも十分ではないか」

「……………」

言い返す言葉を数馬はもたなかった。

「剣の修行をしてきたと胸を張るなよ。剣はなんのためにある」

「主君を守るためでございまする」

数馬は返した。

「ふん」

前田直作が鼻で笑った。

「だから、おぬしは駄目なのだ。剣を学ぶ。それは、己のためだ」

「そんな……」

「それ以外にあるか」

反論しようとした数馬を、前田直作が押さえこんだ。

「武士は戦場で敵を倒して手柄を立て、主君から報酬《ほうしゅう》をもらう。それが本来の姿だ」

「はい。主君の戦《いくさ》に従うのが仕事でございまする」

「敵を倒すために、武芸を身につける」

数馬の言葉を、無視して前田直作が続けた。

「これは主君のためか」

「当然でございましょう。戦に負けては、主家が滅びまする」

確認された数馬が大きくうなずいた。

「いいや。己が死なぬためだ」

前田直作が否定した。

「それは……」

数馬は絶句した。

「生きていればこそ、手柄も立てられ、褒賞《ほうしょう》を得られる。戦場で名のある武将を討ち取る、あるいは一番乗りを果たす。すばらしい手柄だが、戦が終わるまで生きていなければ、なんの意味もない。死人は褒賞をもらえぬぞ。戦場で生き残るために、鎧《よろい》兜《かぶと》をつけるのと同じく、武芸を磨《みが》く。相手より少しでも強ければ、生き残れるかも知れぬ。それを願って、皆、武芸に励む」

「……………」

「生き残って手柄を立てる。主君を守るのもその延長だ。主君を討たれれば、それまでどれほど優位であっても、戦は負けだ。かの今川義元の桶狭間《おけはざま》を思い出せ。織田信《おだのぶ》長《なが》さまの出城を次々に落として尾張《おわり》に侵攻したが、奇襲を受けて死んでしまった。勝ち戦が一瞬で負け戦になった。これは、主君を守れなかったからだ。そのため、今川の勢は、国に帰ってから誰一人として褒賞を受けていない。わかるな。主君を守るのも、己の手柄のためなのだ」

「忠義はどうなりまする」

追い詰められた気になった数馬は大声を出した。

「忠義とはなんだ」

「主君へ尽くすものでございまする」

問われて数馬は答えた。

「では、主君とはなんだ」

「忠義を捧げる相手……」

「堂々巡りではないか」

前田直作があきれた。

「おぬしの主君は綱紀公だ。では、この主君はおぬしが選んだのか」

「えっ」

思いがけない質問に数馬は戸惑った。

「違うであろう。父から家督《かとく》を受け継いだとき、綱紀公に忠義を尽くせと言われただけであろう」

「…………」

その通りであった。数馬は沈黙した。

「綱紀公に忠義を尽くすのは、禄をくれているからだ」

「はい」

「その禄はどうやってもらった。瀬能の場合は少し世間と違うゆえあれだが、普通の武家は、先祖が戦場なり治世なりで手柄を立て、主君から褒賞として与えられた。わかったか、先祖がいなければ、そなたはここにいない。そして先祖が生き残ったのは、主君のお陰ではない。己の武芸のたまものなのだ。今までおぬしが生き残ってきたのも、そうだ。綱紀公のご威光ではない」

「…………」

数馬は混乱していた。

「己の立ち位置を考えておけ。それもわからぬままでは、生涯ものの役には立たぬ」

冷たく言って、前田直作が離れた。

「ものの役に立たぬ……」

厳しい指摘に、数馬は呆然《ぼうぜん》とした。

「そこまで仰せられずともよろしいものを。前田さまもよほど切羽詰《せっぱつ》まっておられるようだ」

林が嘆息した。

「瀬能さま、お気を落ち着かれなさいませ」

「…………」

「まったく、若い者の面倒を見るのは年寄りの役目でしょうに、わたくしに押しつけて、ご自身はさっさと進まれる。恨みまするよ」

かなり離れた前田直作の背中に、林が何ともいえない目を向けた。

「足を止めていては、お役目を果たせませぬ」

「お役目……」

「前田さまが見えなくなりまする。お姿を見失うなど、警固《けいご》役《やく》として役立たずと言われても当然」

「役立たず……そうはいかぬ」

ようやく数馬は動き出した。

「どうなさるおつもりか」

「わからぬ。どうしていいか、わからぬ」

歩きながら数馬は首を振った。

「琴さまに言いつけますぞ」

「それは……」

許嫁の名前に、数馬は息を呑《の》んだ。

「この状況をお知りになられたならば、琴さまは、黙ってはおられませぬ。かならず、ご自身でお見えになられましょう」

「……なされかねぬ」

琴が見かけの穏やかさとはまったく逆の性格をしていると数馬は知っている。

「一度、お手紙を出されてはいかがでございますかな。今宵の宿でお書きになられませ。わたくしが問屋場で飛脚《ひきゃく》の手配をいたしますゆえ」

林が勧めた。

飛脚とは、手紙やものを預かって運ぶ商売のことである。問屋場がその受付場所であった。もっとも小さな宿場では飛脚の常駐《じょうちゅう》はなく、飛脚が通りかかるまで待たねばならなかったり、手綱引きなどが隣の宿場まで出向いて渡すなどの手間がかかった。そのぶん割高になる。

「飛脚……」

数馬が歩みを止めた。

「どうなさいました」

みょうな数馬の様子に、林が首をかしげた。

「飛脚は足が早いな」

「それが商売でございますから。それがどうかいたしましたか」

林が訊いた。

「物見を飛脚にさせられぬか」

「……物見を」

数馬の意見に林が思案した。

「飛脚を二人ほど出せばどうだ。異常があれば一人は引き返させる。なにもなければ、そのまま進ませる」

「江戸への途中で飛脚が襲われれば、物見を二人出すというのと変わりませぬぞ。途中で二人ともやられてしまえば、我らのもとに危機は伝わりませぬ。江戸まではかなりございまする。出した飛脚が無事だと知る方法がございませぬぞ」

林が案の欠点を指摘した。

「では、問屋場ごとに折り返させればいい。問屋場と問屋場の間はせいぜい五里（約二十キロメートル）だ。飛脚の足ならば、往復したとて二刻（約四時間）もかかるまい。こちらも急ぎで進めば、一刻ほどで折り返した飛脚と出会うはずだ。出会えば、敵はいない。さらに飛脚たちに街道近くで多くの侍がたむろしていれば、報《しら》せに戻るよう指示しておけばいい」

穴を塞《ふさ》ぐ方法を数馬は考えていた。

「……なるほど」

「飛脚は道中の万一にも慣れていると聞く」

大坂の本店から江戸の支店まで金を運ぶこともある。当然、賊に狙われるのだ。飛脚は足が早いだけでは務まらなかった。

「よいかも知れませぬな。ただ、かなり金が要りまする」

林が懸念を口にした。

早飛脚は江戸と大坂を七日で結ぶ。そして出した者は帰ってこさせなければならない。となれば、往復で最低十四日の日当が要る。たかが手紙一通のために、大坂の商人は飛脚代としてかなりの金額を費やした。

「金でどうにかなるならば、安いものだろう」

「結構でございまする」

数馬の言葉に林が満足そうにうなずいた。

三

金沢では、粛清《しゆくせい》が始まっていた。

「惣触《そうぶ》れをいたす」

いきなり登城した本多政長が、筆頭家老として命じた。

「……惣触れでございまするか」

横目付《よこめつけ》が目を見張った。

「なぜでございましょう」

惣触れは、その名のとおり、士分以上の者すべてを城へ集めるものだ。よほどの危急か、藩主家の祝いごとでもなければ、おこなわれるものではなかった。

「藩存亡の危機であるぞ」

本多政長が告げた。

「そのような状況にあるとは、承知いたしておりませぬが」

横目付が抵抗した。

「殿より、留守中のことといっさいを預けられている儂《わし》が要りようであると申しておる。それに対し、異論があると言うのだな」

「いかに本多さまのお言葉であろうとも、理由なく惣触れは認められませぬ」

頑強《がんきょう》に横目付が逆らった。

「そなた、名前はなんという」

冷たい目で本多政長が横目付を睨《にら》んだ。

「わたくしの名前など、かかわりございますまい」

横目付が拒んだ。

藩士の非違《ひい》を監察する横目付は、家老であろうとも弾劾《だんがい》できた。また、そうでなければ横目付は務まらなかった。

「ふむ。けっこうな覚悟だが、よいのだな。儂がなにも知らぬと思っているならばな」

「……なんのことでございましょう」

横目付が目を逸《そ》らした。

「おい。坂田《さかた》」

「はっ」

別の横目付が、本多政長の呼びだしに応じた。

「こやつのことは調べてあるな」

「はい」

坂田が首肯《しゅこう》した。

「なにを……」

横目付の顔色が変わった。横目付といえども藩士には違いない。横目付も横目付による監察を受けた。

「十日ほど前から、何度も前田孝貞どののお屋敷に出入りしているようだな。それも夜半を狙って」

「……………」

坂田の報告に、横目付が驚愕《きょうがく》した。

「きさま……仲間を」

「役目である」

冷静に坂田が言い返した。

「捕らえよ。横目付が人持《ひとも》ち組頭《くみがしら》とはいえ、一家に肩入れしては、監察の権威を失う」

本多政長が命じた。

「なにを言うか。それならば、坂田も同じだ。本多さまに与力しているではないか。いや、もっと悪い。本多家は、幕府から前田家に送りこまれた隠密ぞ。その隠密に力を貸すなど、前田家の家臣として恥ずかしいと思わぬのか」

横目付が非難を浴びせた。

「あいにくだな。抑《おさ》えよ」

坂田が控えていた下目付たちに指示した。

「なにをする。捕らえるのはあちらだ」

下目付たちに手を摑《つか》まれた横目付が抵抗した。

「吾《われ》は本多さまの手配で動いたわけではない」

淡々と坂田が述べた。

「殿の御諚《ごじょう》である」

「嘘を申すな」

横目付が怒鳴《どな》った。

「黙れ」

坂田が叱《しか》りつけた。

「後ほど、皆が集まったところで教えてやる。その前に、そなたの役目、家老の権で解く」

本多政長が宣した。

「惣触れ太鼓《だいこ》を鳴らせ」

強権を発動した本多政長に、逆らう者はもういなかった。

金沢の城下に、太鼓の音が拡がった。

「この音は……」

続けざまに打たれる惣触れ太鼓は独特のものである。聞けば藩士ならば、なにをおいても駆けつけなければならなかった。

「あとを頼む」

家中に留守を頼み、藩士たちが金沢城へと集まった。

とはいっても、城から屋敷の距離もあり、すべてが参集するまでには、一刻（約二時間）以上のときがかかった。

藩主不在の惣触れは本丸を遠慮し、二の丸御殿の大広間へ集まると決められていた。

「なにごとか」

「どうしたというのでござる」

城に近い人持ち組頭たちが、登城するなり本多政長に詰め寄った。

「惣触れが終わるまでお待ちあれ」

筆頭家老の権威で、本多政長は他の人持ち組頭を抑えた。

「本多さま」

坂田が声をかけた。

「うむ。総門を閉ざせ。これ以降、何人《なんぴと》たりともなかへ入れるな」

本多政長が命じた。

惣触れには、刻限があった。最初の太鼓が鳴ってから、二刻（約四時間）以内に駆けつけなければならない決まりであった。

「もうよかろう、本多どの」

奥村《おくむら》本家時成《ときなり》がしびれを切らせた。

「お待たせした。横目ども、数を調べ、おらぬ者を書き出せ。右筆《ゆうひつ》、手を貸せ」

人持ち組頭たちへ、軽く頭を下げた本多政長が指示した。

金沢城二の丸は寛永《かんえい》八年（一六三一）の大火で焼け落ち、再建されるときに三の丸との間を埋め立てて、大きく規模を拡張した。そのおり千畳敷《せんじょうじき》といわれる大広間も作られた。そこに目見《めみ》え以上の家臣がひしめいていた。

もちろん、すべての家臣が入るわけではない。千畳敷といわれながら実質二百畳ほどしかない大広間に国元だけで六千をこす家臣の座を決めるのは無理である。身分の低い者は、廊下あるいは広間外の庭に控えている。それらすべてを横目付に率いられた下目付が確認していった。

「いない者を探してどうなさる」

奥村分家の庸礼《やすひろ》が訊いた。

「逃散者を見つけるためでござる」

「……逃散者だと」

さっと前田孝貞の顔色が変わった。

「無届けで国元を離れた者は、逃散者とされて当然でござろう」

本多政長が応じた。

「なぜ今なのだ。もう何年も、いや何十年もそのようなことは調べられておらぬというに」

前田孝貞が詰問《きつもん》するように本多政長へ迫った。

「殿の御諚でござる」

「……殿の」

奥村時成が姿勢を正した。

「そのような報せが来たとは聞いておらぬ」

大声で前田孝貞が首を振った。

「万一、そうであったとしても、惣触れを出す前に、我ら人持ち組頭には報せるべきであろう。いかに筆頭家老とはいえ、専横がすぎるぞ」

前田孝貞が非難した。

「それも殿のご指示である。すべて、拙者《せつしゃ》一人でおこなえとな」

本多政長が返した。

「大手番《おおてばん》」

前田孝貞が呼んだ。

「ここに」

大広間外の廊下から返事があった。

「今日、殿よりの書状が着いたか」

「いいえ」

大手番が否定した。

「どういうことだ、本多どの。ことと次第によっては、本多どのといえども、ただではすまぬ。今なら、惣触れの演習としてことをおさめられるぞ」

勝ち誇ったように前田孝貞が言った。

「誰が今日だと申したのだ」

冷たい目で本多政長が前田孝貞を見た。

「まさか……先日の」

前田孝貞が気づいた。

「そうだ。先日、殿から送られてきた書状は二通あった。一通には、前田直作の召喚が書かれていた。もう一枚は、その後国元を離れた者を勘当するとの内容である」

本多政長が懐《ふところ》から書付を出した。

「見せよ」

「無礼者」

手を出した前田孝貞を、本多政長が叱りつけた。

「片手で受け取ろうなどとは、殿の御筆をなんと心得るか」

「…………」

前田孝貞が沈黙した。

「拝見してよいか」

奥村時成が訊いた。

「ご覧あれ」

本多政長は書付を渡した。

「……まちがいない」

恭《うやうや》しく受け取って奥村時成が確認した。

「どれ……たしかに殿の花押《かおう》じゃ」

次々と人持ち組頭が書状を見た。

「前田どの、見られるがいい」

最後に本多政長が許可した。すでに他の人持ち組頭が認めている。偽物と騒ぎたてることはできなかった。

「……くっ」

読んだ前田孝貞が苦い顔をした。

「どうだ」

前田孝貞を放置して、本多政長が坂田に尋ねた。

「人持ち組は欠員ございませぬ。平士で五名、平士並《なみ》で八名参集しておりませぬ。ただし、平士三名、平士並二名については、病気療養中の届けが出ておりまする」

坂田が報告した。

「平士二名、平士並六名が足らぬのだな」

「はい」

念を押した本多政長へ、坂田が首肯した。

「その者たちの名前を書き出し、ただちに横目を向かわせ……」

「待たれよ」

本多政長の言葉を、前田孝貞が遮《さえぎ》った。

「まだなにかあるというか」

筆頭家老の顔で、本多政長が前田孝貞を睨みつけた。

「今いない者も急病やも知れぬ。いきなりというのは……」

「病ならば代理を出さねばなるまい。惣触れは、本来戦《いくさ》の触れである。武士として戦に参加できぬでは、話にならぬ」

「この泰平の世にそこまで厳しくせずとも……」

「坂田、前田どののお言葉にも理はある。おらぬ者どもの屋敷へ下目付を出せ。当主が家で伏せていた場合は免じてやる。いなければ、そのまま家を封じよ」

「ただちに」

坂田が下目付を連れて出ていった。

「転……」

「転地療養などと言いださんでくれよ」

今度は前田孝貞の話を本多政長が潰《つぶ》した。

「無届けで、城下を離れるのは罪である。それくらいは、前田どのもご存じであろう」

「……ううむ」

前田孝貞が詰まった。

「藩士の籍にかかわることであるゆえ、殿のご裁可を仰ぐが、この場におらぬ者は、筆頭家老の権でそれまで謹慎閉門を命じる。念のために申し添えるが、手助けは無用にいたせ。要らざるまねは、身を滅ぼす。もちろん、これ以降無届けでの出国もだ」

静まりかえっている一同へ、本多政長が述べた。

「解散してよろしい」

本多政長が惣触れの終了を告げた。

「……本多どのよ」

奥村庸礼が大広間から藩士たちが消えるのを待って、声をかけた。

「なにかの」

「殿のご指示はこれだけでござるのか」

窺《うかが》うような目つきで、奥村庸礼が本多政長を見た。

「今のところはの」

含みのある答えを本多政長が返した。

「まだあると……」

「綱紀公は英邁《えいまい》でござる。この度《たび》の御諚も的を射ている。そのお方が、このまま金沢を放っておかれるはずはないであろう」

本多政長は続けた。

「今、金沢は二つに割れている。といっても一方があまりに小さいが、ひびが入っているのは確かだ」

もう一度本多政長は前田孝貞を見た。

「…………」

前田孝貞がうつむいた。

「騒動が終わっても、このままなにもなかったとするわけにはいかぬ。たとえ、綱紀公が将軍になられようが、なられまいがな。家中に火種を残す」

「うむ」

「そうだな」

奥村時成、庸礼がうなずいた。

「加賀も五代を重ねた。そろそろいろいろな無理が出てきている。平士と、人持ち組の差も拡がっていくだけだ。格差はいたしかたない。先祖の功が今の境遇だからな。それをなくせなどと言うのは、過去を否定することになる。しかし、過去は絶対であってよいものではない。平士から人持ち組へ、人持ち組から人持ち組頭へ、格をあげることはできねばならぬ。もちろん、ふさわしいだけの功績は要るがの」

本多政長が語った。

「固まってしまっていると」

「いや、澱《よど》んでいると綱紀公はお考えなのだろう。水も澱めば腐る」

奥村庸礼の言葉に、本多政長は表現を変えた。

「まさか……殿はわざと」

前田孝貞が顔をあげた。

「…………」

まったく本多政長は表情を変えなかった。

「本多どの、前田どのが言われたことは……」

真剣な眼差《まなざ》しで奥村時成が、本多政長を見た。

「なんともいえぬ」

本多政長は首を振った。

「綱紀公がなにを目指しておられるのか。今回のことは、金沢の澱みを消し、膿《うみ》を出すだけのためなのか……」

「貴殿でもおわかりにならぬと」

奥村時成が驚いた。

「わかるはずなどない。娘の考えていることさえ、わからぬのだぞ」

苦い笑いを本多政長が浮かべた。

「そういえば、琴どのが再縁されると聞きました」

奥村庸礼が言った。

「ああ。やっと片付いてくれる気になったようだ」
本多政長が苦笑を微笑《ほほえ》みに変えた。
「瀬能だというのは、まことで」
「さよう」
まちがいないかと問うた奥村庸礼に本多政長はうなずいた。
「格があまりに離れすぎてはおりませぬか」
奥村時成が、眉をひそめた。
「琴が気に入ったのでな。多少の差はあるが、琴も再縁だ。そのうえ、歳もいってお
る。このまま屋敷におられては、嫡男の荷物となる。それよりはましであろう」
「本多の姫ならば、人持ち組でも欲しがる者は多うございましょうに。いや、吾《わ》が息
子が独り身ならば、いただきたいところでござる。琴どのほどの美形は、京にもおり
ますまい」
奥村庸礼が世辞を口にした。
「たしかに琴を欲しがってくれた方もおられたのだが、全部断りおった。最初の輿入《こしい》
れが輿入れであったゆえ、儂も強くは言えず、ついつい好きにさせてしまったという
のもあるがな」

御三家紀伊徳川の重臣の嫡男に嫁がされた琴姫は、家風に合わずという曖昧《あいまい》な理由で実家に帰されていた。

「では、瀬能を琴どのがお気に召したと」

「うむ。先日、所用で瀬能を呼び出したときに、少し話をさせたところ、あの男のところならば嫁に行ってもいいと申すのでな。無理矢理押しつけてやった」

本多政長が笑った。

「ふん。ともに徳川の家臣同士ではないか」

黙っていた前田孝貞が、吐《は》き捨てるように言った。

「…………」

さっと座が緊張した。

「ご訂正願おうか。かつてはそうであったが、今はともに加賀の臣である」

冷静な声で、本多政長が求めた。

「まことにそうなのか。今でも本籍は幕府に……ひっ」

さらに言おうとした前田孝貞が、一変した本多政長の気迫に押された。

「覚悟はおありだろうな」

本多政長が低い声を出した。

「そ、それは……」

「御一同、中座させていただく。屋敷に戻り、戦の用意をいたさねばならぬゆえな」

立ちあがって本多政長が述べた。

「武士が忠義を疑われては、捨て置けぬ」

「ま、待たれよ」

「そうじゃ。落ち着かれて」

あわてて奥村両家が仲裁に入った。

「今のは前田どのがよろしくござらぬ」

「そうじゃ。本多どのの忠義を疑うなど、失礼である」

奥村両家が、前田孝貞へ詫びろと促した。

「言葉が過ぎたことは確かだ。だが、詫びる前に訊かせてもらおう」

前田孝貞が条件を付けた。

「よされよ」

さすがに奥村時成が制した。

「ほう。まだ要求できると思っているようだな」

唇《くちびる》の端を本多政長がつりあげた。

「よかろう。なんでも訊くがいい。ただし、その代償《だいしょう》はもらう」

本多政長が告げた。

「おぬしは、今回の話に、賛成か反対かを明言していない。それを聞かせよ」

勢いを付けて前田孝貞が問うた。

「それくらい読めぬのか」

鼻先で本多政長が笑った。

「やはり、殿を売る気だな。だからこそ、惣触れをかけ、藩を出ている者をあぶり出した。直作を討ち、殿を加賀に残そうという忠義の士を潰すために」

前田孝貞が本多政長を指さした。

「愚か者が。今回のことは綱紀公の指示だ」

「真に加賀のことを思うならば、殿のお言葉といえども無視するはずだ」

嵩《かさ》にかかって前田孝貞が言いつのった。

「……前田どの」

「殿のご命《めい》を無視するなど、それこそ不忠」

さすがに奥村二人があきれた。

「…………」

無言で手を振り、本多政長が奥村二人を抑えた。

「はっきり言わねばわからぬようだ。教えてやろう。儂は綱紀公を五代将軍とすることに反対だ」

「……まことに」

宣した本多政長に、前田孝貞が啞然《あぜん》とした。

「あたりまえであろう。殿が将軍になられるのはめでたい。だが、無事にすむはずはなかろう。大老の権がいかに大きかろうとも、外様大名をいきなり将軍とするには無理がある。その無理を押し通すのだ。ひずみは出よう。そのひずみはいつ解放されると」

「…………」

前田孝貞は答えなかった。

「大老が死んだときだ」

あっさりと本多政長が告げた。

「押さえつけていたものの蓋《ふた》がなくなる。するとどうなる。あふれ出そう」

「あふれ出したところで、どうにもなるまい。そのときには、すでに殿は将軍ぞ」

前田孝貞が言った。

「将軍になるべくしてなったのではない。譜代大名や旗本たちの不満はどうなると思う」

「そのまま落ち着こう。人というのは、己に害が及ばぬかぎり、慣れていくものだ」

問われて前田孝貞が述べた。

「その不満を吸収するお方がいてもか」

「……館林《たてばやし》公か」

奥村時成が気づいた。

「さよう。館林公にしてみれば、目の前にぶらさがってきた将軍の座を奪われたのだ。我慢しきれまい。そして正統は館林公にある。表だって従う者、陰ながら与《くみ》する者、有利になれば館林公のもとへと考えている者の数は多いぞ。もし、館林公が立てば戦にもなる。譜代大名、旗本が二つに割れるだけではすまぬ。外様も巻きこむ戦だ。なにせ、綱紀公は外様の出、薩摩《さつま》や毛利《もうり》、上杉ら冷遇されてきた大名にとっては希望。外様が一つとなって参戦すれば、天下は大乱になる。さて、そのとき、最初に攻められるのは、どこだ」

「…………」

人持ち組頭たちが固唾《かたず》を呑《の》んだ。

「加賀だ。西から越前、南から尾張、東から高田《たかだ》松平が攻めてくる。合わせて百五十万石をこえる大軍勢ぞ。勝負になるまい」

本多政長が告げた。

「今どきの大名、旗本に、戦をするだけの肚《はら》はない」

前田孝貞が鼻先で笑った。

「なければ、もっと悪いぞ」

「どういう意味だ」

言われた前田孝貞が怪訝《けげん》な顔をした。

「溜《た》まった不満を将軍に向けられぬ。綱紀公を指弾できぬならば、その恨みや妬《ねた》みはどこにいく」

「加賀か」

奥村庸礼が気づいた。

「そうだ。加賀に嫌がらせは集中する。大目付、目付の目がずっと加賀に貼りつくのだ。江戸屋敷はもちろん、国元にも手は伸びる。隠密も入りこむ」

本多政長が一同の顔を見た。

「見られてつごうの悪いものは加賀に幾つある」

「隠し田、抜け荷、城の鉄炮《てっぽう》の数、どれをとっても致命傷だな」

奥村庸礼が嘆息した。

「それらすべては役人の手。江戸城の奥深くに閉じこめられた綱紀公には報されぬ。報されるときは、かばいようのない証拠が揃《そろ》ったとき。そうなれば、いかに綱紀公でも加賀をかばえぬ」

「たしかに」

「うむ」

一同が納得した。

「わかったか、孝貞。殿が将軍になれば、加賀には滅びしかない。そして、本多家は加賀と運命をともにするしかないのだ」

「そう言いながら、加賀を売って譜代大名に復帰するのであろうが」

前田孝貞が本多政長を指さした。

「そうできるのであれば傍観しているわ」

大きく本多政長が息を吐いた。

「儂を使って加賀を潰すつもりがあるならば、幕府はとうにやっているわ。今の幕府で本多の系統は力をまったくもたぬ。かわりに大久保《おおくぼ》が勢を張っている。大久保と本多の確執を知らぬわけではあるまい」

本多政長が言った。

両家の確執は、家康と秀忠の争いでもあった。家康の知恵袋として幕府を切り盛りしてきた本多家と、秀忠の後ろ盾《うしだて》としてこれからの幕府を牽引《けんいん》しようとしていた大久保家が、天下の政をどちらが左右するかでぶつかるのは当然であった。これは、大御所となった家康と将軍秀忠の代理戦争であった。当初家康の後ろ盾を得ていた本多が勝ち、大久保は城地を奪われ、僻地《へきち》へと飛ばされた。その報いは家康の死をもってもたらされた。本多佐渡守直系の上野介正純《こうずけのすけまさずみ》は、秀忠から謀叛の疑いをかけられて改易された。それ以降、本多家はずっと日陰に置かれていた。

「加賀を守る。それが、本多家の生き残る唯一の道なのだ。そのために、儂はどのような手立てでも取る。おぬしにそれだけの肚があるか」

「…………」

厳しい眼差しを向けられた前田孝貞が黙った。

「これ以降、要らぬ手出しをするならば、人持ち組頭とはいえ、容赦《ようしゃ》せぬ。覚悟することだな」

本多政長が宣した。

第三章　大老の狙い

一

百万石をこえる唯一の大大名とはいえ、幕府にとっては付き従う者の一人でしかなかった。もちろん、一万石や五万石の小名と格は違うが、基本は同じ扱いであった。すなわち、前田綱紀《つなのり》には江戸に在府している間、幕府の定めた式日ごとに登城する義務があった。

「行列の用意がととのいましてございまする」

用人向坂甚内《こうさかじんない》が前田綱紀へ声をかけた。

「…………」

前田綱紀が露骨に嫌そうな顔をした。

「……殿」

年老いた向坂が若い綱紀へ宥《なだ》めるような声を出した。

「わかっておるわ。式日登城はせねばならぬとな。だが、一日中ちくりちくりと嫌味を聞かされてみろ。吐《は》きそうになるわ」

綱紀が嘆息した。

「まことにもって、お気持ちはお察し申しあげまするが……」

「人には人の、大名には大名の役目があると言うのであろう。聞き飽《あ》きたわ」

用人の言葉を、綱紀が口にした。

「畏《おそ》れ入りまする」

苦笑しながら向坂が頭を下げた。

「本日のお弁当は、殿のお好みのものばかりとさせておりまする。雉《きじ》の団子山椒焼《だんごさんしょうや》き、豆腐の田楽、麩《ふ》の煮物……」

「余《よ》は子供か。食いものに釣られるとでも……」

綱紀が嘆息した。

「安心せい。城へ上がればじっと一日我慢しておるわ。屋敷でなければ、このようなことは口にできぬ。不満くらい、言わせよ」

「はい。わたくしめがすべてをお伺《うかが》いいたしまする。本日もお帰りをお待ちしておりますれば、一刻でも夜半までも、思う存分に仰《おお》せられませ」

若い綱紀の我慢を向坂は理解していた。

「弁当は……」

「もちろん、多めに用意させましてございまする」

綱紀の確認に用人が首肯《しゅこう》した。

「人のことをもてあそぶくせに、弁当だけは欲しがりおる。まったく、ろくでもない連中だ。ご一門というのはな」

苦情を口にしながら、綱紀は駕籠《かご》へと身をおさめた。

「御出立《ごしゅったつ》でござる」

駕籠の戸を閉めて、用人が供頭《ともがしら》へと合図を送った。

加賀《かが》藩の上屋敷は、小石川《こいしかわ》にあった。神田川をこえた小石川は、江戸城までは遠い。城近くに老中や譜代名門らが屋敷を与えられていることから見てもわかるように、加賀藩は徳川家から距離を置かれていた。

その加賀藩主が、将軍となるかもしれない。四代光高のおりにも話はあったとはいえ、今回のように家綱の病気という切羽詰《せっぱつ》まった状況ではなかった。綱紀の去就に衆目が集まるのも当然であった。

百万石の主《あるじ》であろうとも、江戸城に入ればいろいろと制限を受ける。

大手門橋《おおてもんばし》の手前、下馬札のあるところで、供の数は大きく減らされた。国持ち大名でさえ、供侍《ともざむらい》六人、草履取《ぞうりと》り一人、挟《はさ》み箱《ばこ》持ち二人、陸尺《ろくしゃく》四人の合わせて十三人に限られる。その供も、駕籠を降りる下乗橋《げじょうばし》からは、さらに少なく五人となり、それも玄関までしか許されないのだ。ここから先、百万石で万に近い家臣を持つ前田綱紀といえども、ただ一人になる。

「加賀宰相《さいしょう》どの」

玄関をあがったところで、お城坊主が大声をあげた。

「ご案内つかまつりまする」

前田家の紋入りの茶羽織を身につけたお城坊主が先に立った。

「よしなにな」

綱紀がていねいに頼んだ。

お城坊主は江戸城の雑用係であった。身分は低く、目通りはかなわず、禄《ろく》も二十俵二人扶持《ぶち》役金二十七両と少ない。だが、その影響力は下手な役人以上であった。

お城坊主は役人や、登城した大名の所用一切を引き受ける。逆にいえば、お城坊主がいないと、大名、役人はなにもできないのだ。

役人が他職を呼び出す、あるいは用件を伝えたいと思っても、機密保持の観点から、他職の役部屋への立ち入りは禁止されていた。襖《ふすま》を開けることさえできない決まりである。ただお城坊主だけが、雑用をするとの名目で、御座の間と大奥を除くどこにでも入れた。つまり、お城坊主に頼まなければ、仕事の連絡さえまともにできないのだ。

それだけではない。雑用には茶の用意、厠《かわや》への案内も入っている。

そう、お城坊主がいなければ、老中であろうが、百万石加賀の前田家であろうが、茶も飲めないのだ。

当然、お城坊主の機嫌が雑用の順位において重要になる。

「御用途中でございますれば」

こう言われれば、厠への案内を待たされても文句一つ言えない。かつては、江戸城のどこでも立ち小便ができたが、あまりに臭《くさ》いということで禁じられてしまっている。

大名が殿中で小便を漏《も》らすようなまねをすれば、面目は丸潰《まるつぶ》れである。

そうならないように、諸大名はお城坊主への付け届けをかかさなかった。今、綱紀の前を歩いているお城坊主もその一人である。

前田綱紀の雑用を担当するかわりに、毎年決められた金を音物《いんぶつ》として贈られる。これを出入りのお城坊主と呼び、正月ごとに与えられる前田家の紋入りの羽織を身につけていた。

「定斎《じょうさい》どの」

「なにか」

呼びかけられたお城坊主が歩きながら、器用に首だけで後ろを振り返り、綱紀を見た。

「ご一同はお見えか」

「はい。尾張《おわり》さま以外は、すでに」

定斎が答えた。

「そうか」

綱紀は難しい顔をした。

「遅れるとは申しわけない。定斎どの、少し急いでいただけまいか。せめて尾張どのよりも先に席に着いておきたい」

「承知いたしました」

うなずいた定斎が、少し歩みを早めた。

江戸城内を走ってはいけない。これも決まりであった。見つかれば目付《めつけ》から厳しい注意を受けることになる。

定斎が微妙な速さで、綱紀を大廊下へと案内した。

白書院《しろしょいん》に近い大廊下は江戸城内で、もっとも格式の高い部屋であった。大廊下は上《かみ》の部屋と下《しも》の部屋に分かれ、上の部屋には御三家尾張、紀伊《きい》、水戸が、下の部屋には加賀と越前松平《えちぜんまつだいら》が詰めた。

他の顔ぶれからわかるように、大廊下は将軍家に近い親類に与えられる座である。本来外様《とざま》の前田家が入れる場所ではないが、二代利常に秀忠の娘珠姫が嫁いだことで親類衆扱いを受けるようになり、下の部屋筆頭の座を与えられた。

とはいえ、唯一の外様である。御三家には当然、席下になる越前松平にも気を遣《つか》わなければならなかった。

「加賀宰相さま、ご到着でございまする」

大廊下下の部屋前で、定斎が前触れをした。

「遅くなり申した」

続いて綱紀が入り、下の部屋上手へ腰を下ろした。

「おはようござる」

領地が近い越前松平家の当主左近衛少将《さこんえのしょうしょう》綱昌《つなまさ》が軽く頭を下げた。

「おはようございまする。いや、屋敷を出るのが遅れてしまい、申しわけなき仕儀でござる」

綱紀がもう一度詫《わ》びた。

「まだ、刻限にはなりませぬ」

微笑《ほほえ》みながら綱昌が首を振った。

今年で二十歳と若い綱昌は、綱紀を兄と慕ってくれていた。

「そう言っていただけると助かりまする」

綱紀が礼を述べた。

「さすがは五代さまとのお声も高い、宰相どのよな。我らより後からご登場とは、畏《おそ》れ入った」

上の部屋から悪意の籠《こ》もった声がかけられた。

「これは紀伊中納言《きいちゅうなごん》さま。申しわけないことでございまする」

言い返さず、綱紀は謝った。

紀伊中納言とは、紀州徳川家二代藩主光貞《みつさだ》のことだ。家康の寵愛《ちょうあい》をもっとも受け、最後の戦国大名と言われた頼宣の跡をついで、紀州藩主となり十三年になる。豪儀な父と違い、治世を得意とし、領内の整備では名君との呼び名も高かった。すでに五十四歳と老齢であることから、今回五代将軍としての声をかけられなかったのが不満なのか、綱紀によく絡《から》んできていた。

「いやいや、わたくしごときに頭《こうべ》を垂《た》れられるなど、ご身分にかかわりましょう」

光貞が続けた。

「中納言どの」

隣にいた水戸徳川家三代綱條《つなえだ》が、たしなめた。

「まちがったことを言ってはいない」

光貞が綱條を一蹴《いっしゅう》した。

御三家でも水戸は一つ格が落ちた。それは、初代頼房《よりふさ》が、紀州初代頼宣の同母の弟であったためである。同母の兄弟は、その長幼で順が決まる。つまり、水戸徳川家は御三家でありながら、紀州家の控えであり、他に候補がいる場合、将軍を出すことができなかった。

「…………」

綱條が沈黙した。

「宰相どのよ、遅くなられたのは、昨夜の祝杯が残っておられたからではないのか。

いよいよ、本決まりでござるかな、西の丸入りは」

邪魔が入ったためか、一層《いっそう》光貞の棘《とげ》は強くなった。

西の丸は将軍の父、あるいは世子が生活する場所である。ここに入るというのは、次の将軍と公表するのと同じであった。

「あいにく昨夜は酒をたしなんでおりませぬ。今朝方《けさがた》少し身体《からだ》の調子が思わしくなく、出立を遅くしてしまったためでございまして……」

「体調がお悪い。それはよくない。ただちにお医師を呼ばねばなりますまい」

「お止《や》めなされ」

さらに騒ごうとした光貞を、制止する声がした。

「これは尾張さま」

綱紀が深く一礼した。

入ってきたのは、尾張徳川家二代光友《みつとも》であった。光友は光貞の二歳年長である。やはり、歳を取りすぎているとして、五代将軍推戴《すいたい》の話からは外されていた。

「大人《おとな》げないことをなさるな」

「…………」

御三家筆頭で歳上の光友に注意された光貞が不機嫌な顔で黙った。

「宰相どのよ」

上の部屋の座へ行かず、立ったままで光友が綱紀へ顔を向けた。

「なんでございましょう」

「大樹《たいじゅ》の件、本当のところはどうなのだ」

直截《ちょくせつ》に光友が質問した。

大樹とは、将軍の別名である。直接将軍と言わなかったのは、五代将軍の決定は四代将軍家綱の死を意味するため、遠慮したためであった。

「わたくしには、未《いま》だなんのお話もございませぬ」

綱紀が首を振った。

「ほう。しかし、留守居どもの話を聞くと、打診はあったのでござろう。貴家中の留守居役が、酒井雅楽頭《うたのかみ》どのに呼ばれたというが」

しっかり光友は調べていた。

「……ございました」

一瞬考えて綱紀は認めた。

すでに十分噂《うわさ》は拡がっている。ここで否定するより、認めたほうが無難だと考えたのだ。

「とは言ったところで、内々の話までもいっておりませず、御上から頂戴《ちょうだい》いたしたわけでもなく、いついつまでに返事をせよとか、誰に伝えればいいなどのご指示もなく、戸惑っておる次第でございまする」

綱紀は述べた。

「ふむ。それでは、なにも決まっていないも同然。噂だけが一人歩きしているようであるな。宰相どのが戸惑うのも無理はない。そうであろう、紀伊どのよ」

光友が光貞を見た。

「ふん。それでも分をわきまえているならば、冗談でもその場で断るものだ」

まだ光貞が食い下がった。

「そろそろお目通りの刻限でございまする」

お城坊主が顔を出した。

「では、白書院《しろしょいん》まで参りましょう」

ちょうどよいと光友が、話を打ち切った。

大廊下から白書院までは近い。尾張徳川光友を先頭に、五人は白書院へと入った。

白書院でも座る場所は決められていた。

御三家当主で官位が中納言の者は、白書院下段上《かみ》よりも三畳《じょう》、加賀宰相は四畳、越前少将は六畳さがったところと定められている。

それぞれの場所へ、五人が座り、他の侍従《じじゅう》、四品《しほん》の大名たちが続いた。

「しぃーしぃー」

と静謐《せいひつ》の声が白書院に響いた。

一同その場で両手を突いて平伏する。

白書院上段の間の襖が開き、人が入ってきた気配がした。

「一同、面《おもて》をあげよ」

指示があり、大名たちはゆっくりと背を伸ばした。

「…………」

綱紀は上段の間中央に、四代将軍家綱の姿がないことに気付き、小さく息を呑《の》んだ。

「お悪いのか」

「上様は……」

後ろで小さなささやきがいくつかした。

「鎮《しず》まれ」

家綱が座るべき位置の少し左前に立っていた大老酒井雅楽頭忠清が、注意をした。

「…………」

たちまち白書院は静まりかえった。

「上様、御不例《ごふれい》につき、本日のお目通りはかなわぬ」

酒井雅楽頭が告げた。

「なれど、上様のご様子は回復に向かわれておる。要《い》らぬ妄言《もうげん》などを口にすることなく、治世にぬかりなきようにいたせ」

「ここにおる者を代表して、申しあげまする」

尾張徳川光友が口を開いた。

「お目通りお許しなきは残念でございまするが、我ら一同の忠義は上様にございまする。ご安心くださいますようにとお伝えを願いまする」

光友が口上を述べた。

「うむ。その言葉、上様にも満足くださるであろう」

大仰《おおぎょう》に酒井雅楽頭が頷《うなず》き、式日登城謁見《えっけん》の儀は終了した。

入ってきた順とは逆に、下座の者から白書院を出ていき、いよいよ綱紀の番となった。立ちあがった越前松平綱昌の後に続こうとしたとき、綱紀に制止がかかった。

「宰相」

酒井雅楽頭が綱紀を呼んだ。

老中には、大名を呼び捨てにできるだけの権威があった。まして、酒井雅楽頭は大老である。御三家でさえ敬称なしですむ。

「なんでございましょう」

綱紀は問うた。

「先日、留守居役《るすいやく》をつうじて、話をしたはずだが、その返答はいかに」

多くの大名たちは去ったとはいえ、御三家以下何人かが白書院には残っている。その全員が綱紀に注目した。

「正式なお話でございましたか」

綱紀は返答をはぐらかした。

「儂《わし》が冗談を言うほど暇なわけなかろう」

眉《まゆ》をひそめて、酒井雅楽頭が不快を示した。

「もちろん、雅楽頭さまがお暇だとは思ってもおりませぬ。雅楽頭さまが、幕政を担《にな》っておられるのは五歳の赤子でさえ知っておりますこと。その雅楽頭さまに、わたくしごときのことでお手を煩《わずら》わせてはいかぬと遠慮いたしておりました。文章で頂戴《ちょうだい》いたしておりましたら、すみやかに返書をさしあげましたものを。気が利きませず、中しわけございませぬ」

深く頭を下げながら、返答しなかった責任を、酒井雅楽頭へと綱紀は押しつけた。

「ふん」

小さく口の端を酒井雅楽頭が上げた。

「そうか、書ならば、ただちに返答するのだな」

「大老さまのお言葉となれば、藩をあげて応じなければなりませぬ。宿老たちにも周知徹底させねばなりませぬゆえ、幾ばくのご猶予《ゆうよ》をいただきたく存じまする」

国元の同意もいる。すぐには無理だと綱紀が言った。

「……わかった。だが、ことは逼迫《ひっぱく》しておる。あまり猶予はやれぬぞ。そうよな、国元へ通知を出し、届くまでは待ってやろう」

「ご配慮かたじけなく……」

「たしか、加賀には足軽継《あしがるつぎ》というものがあるそうだな」

「ございまする」

酒井雅楽頭の確認に綱紀は首肯した。

足軽継とは、加賀藩が江戸と金沢の間の連絡のために作りあげたものである。始まりは二代利常の正室珠姫が江戸の父秀忠と手紙をやりとりするための手段であった。

加賀藩の足軽のなかでもとくに足の早い者が選ばれ、金沢と江戸、そして途中の大きな宿場に常駐《じょうちゅう》した。三つ葉葵《あおい》の紋の入った状箱を持つことが許され、関所でも止まらずともよかった。

足軽継はその状箱を次々と受け継いで運び、江戸と金沢の間、およそ百二十里（約四百八十キロメートル）を最短二昼夜で駆け抜けた。

「江戸から金沢まで足軽継で何日かかる」

「天候などに邪魔されねば、まず四日あれば」

訊《き》かれた綱紀が多めに答えた。

「……随分《ずいぶん》とかかるな。それでものの役に立つのか」

酒井雅楽頭が口の端をゆがめた。

「駆け続けさせ、雨が降らず、他になんの障《さわ》りもなければ、三日目の朝には着けまするが、確実ではございませぬ。雨が降れば足下がぬかるみ、かなり速度が落ちまする。三日とお約束しておきながら、あとで四日かかりましたでは申しわけございませぬゆえ」

綱紀が理由を述べた。

「ふん」

鼻先で酒井雅楽頭が笑った。

「申すことに理はあるの。では、明日にでも書を届ける。国元まで四日、金沢での老職たちへの披露に一日、その返書を江戸に届けるのに四日。合わせて九日。多少の余裕もくれてやる。なにがあるかわからぬでな。十二日目までに、余《よ》のもとへ返事を出せ。出さねば相応の覚悟が要ると思え」

酒井雅楽頭が命じた。

「承知いたしました。ご大老さまのお言葉に従わぬ者など、この世にはおりませぬ。きっと十二日目までには、お屋敷へご返事をわたくしが持参いたしまする」

「自ら来ると言うか」

少しだけ酒井雅楽頭が目を大きくした。

「はい。家臣に届けさせるようなご無礼をご大老さまにいたすことなどできませぬ」

綱紀が強く言った。

「気に入った」

首肯した酒井雅楽頭が、前田綱紀から目を外した。

「目付」

「これに」

白書院の下段の間左右隅に、目付が一人ずつ控えていた。謁見中の大名たちが礼に外れたまねをしないよう見張るためであった。

「御三家と越前松平、加賀前田を除いて、今白書院とその前廊下にいる者どもの名前を書き留めておけ。退出の命《めい》が出ているにもかかわらず、残り続け、余と加賀の話に聞き耳をたてるなど言語道断である」

「はっ」

厳しく命じる酒井雅楽頭に目付が首肯した。

「…………」

足を止めていた大名たちの顔色がなくなった。

「ご大老さま」

「なんじゃ、宰相」

用件を終えたと踵《きびす》を返した酒井雅楽頭に、綱紀が話しかけた。

「ご大老さまのご指示を手抜かりなくいたしたく。本日下城のお許しをいただきますよう、お願い申しあげまする」

綱紀が頭を下げた。

「よい。まちがいのない差配《さはい》をな」

「はっ」

平伏する前田綱紀を一瞥《いちべつ》して、酒井雅楽頭が去っていった。

二

下城の許可が出た綱紀は、大廊下下《しも》の部屋で荷物を整えていた。百万石であろうとも、家臣を連れて歩くことのできない江戸城内では、なにからなにまで己《おのれ》でしなければならない。

「もったいないの」

昼餉《ひるげ》用にと持って来た弁当を綱紀はどうするか悩んだ。

「少将どの」

「な、なんでござるか」

呼ばれた越前福井松平綱昌が、びくついた。

「……はあ」

綱紀が嘆息した。

「あからさまに対応を変えられては困惑いたしまする」

「も、申しわけございませぬ」

それでも綱昌は落ち着かなかった。

「宰相どのよ」

上《かみ》の部屋から尾張徳川光友が近づいてきた。

「その弁当だが、お分けいただけぬかの」

光友が綱紀の手にある重箱を指さした。

「お手伝いいただけまするのでございまするか」

綱紀は喜んだ。

「宰相どのの弁当は、いつも美味であり、登城のおりの楽しみなのだ。今日もどのような珍味がいただけるかと胸躍らせて参ったのだ」

好物を目の前にした子供のような笑みを光友が浮かべた。

「助かりまする。いつも皆さまにお手伝いいただいておりますので、多めに用意して参りました。このまま持ち帰るのは、台所の者にも悪く……」

喜びながら、綱紀は重の蓋《ふた》を開けた。

「おう。これは見事な。この肉は山鯨《やまくじら》でござるか」

光友が感嘆の声をあげた。山鯨とは猪《いのしし》のことだ。肉食を禁じる仏教の影響で、猪のことを山鯨と呼んでごまかしていた。

「さようでございまする。国元で仕留めた山鯨をすぐに血抜きいたしまして、江戸まで運んで参りました。五日ほど経ったころが、もっともうまいとか。今日がちょうど五日目でございまする」

「そこまでご配慮いただいたか。どれ、ちと行儀は悪いが……」

指先で猪の肉を摘《つま》んで、光友が口に入れた。

「うまい。山椒がほどよく効いて、山鯨の臭《くさ》みがまったくない。ほれ、少将どのもいただかれよ」

指を舐《な》めながら、光友が綱昌へ勧めた。

「い、いえ……」

綱昌が逡巡《しゅんじゅん》した。

「いかんのう」

光友がため息を吐《つ》いた。

「大廊下で一番若い少将どのが、それでどうする」

「ですが……」

ちらと綱昌が綱紀を見た。

「雅楽頭の手は効いたようだの」

光友が声を潜《ひそ》めた。

「えっ」

「……………」

綱昌が驚き、綱紀は苦笑した。

「やはり宰相どのは気づいておられたか」

満足げに光友がうなずいた。

「雅楽頭さまは、一度も上様のお名前も、世継ぎという言葉も口にされませなんだ」

綱紀は述べた。

「うむ。雅楽頭の話だけしか知らねば、なにを求めているのかわからぬ。それを五代さまのことと錯覚させたのは、前もって流れていた噂と、日限を切った雅楽頭の言葉。これであの場にいた者すべてが、五代将軍は宰相どのと思いこんでしまった」

光友が述べた。

「今ごろ、城中はその話題で持ちきりでござろうよ」

「……………」

力なく綱紀が肩を落とした。

「どういうことでございましょう」

わからないと綱昌が問うた。

「一度も酒井雅楽頭は、宰相どのを五代将軍に推戴《すいたい》したと言っていない。思い出してご覧なされ」

若い者を諭すように、光友が言った。

「……あっ」

少し考えた綱昌が驚いた。

「あれだけでは、五代将軍のことやら、お手伝い普請《ぶしん》のことやらわからぬであろう」

「はい」

すなおに綱昌がうなずいた。

「そこに雅楽頭の意図がある……」

「おそらく」

光友の意見に綱紀が同意した。

「ですが、その真意がわかりませぬ」

綱紀が首を振った。

「他人の真意など誰にもわかりませぬよ」

あっさりと光友が述べた。

「考えてご覧になられよ。神君家康公は、なぜ御三家などというものをつくられたのでござろう」

「それは、将軍家を継ぐお方がおられないときのためでございましょう」

光友の問いに、綱紀は答えた。

「違いましょうな。のう、光貞どの」

「……………」

横を向いていながら、しっかり聞いていたのか、紀伊中納言光貞が頰《ほお》をゆがめた。

「御三家が将軍の予備ならば、光高どのの話などあり得るはずございませぬ」

三代将軍家光に子供がなかったとき、加賀藩主で家光の甥《おい》である光高へ四代将軍の話が来た。もし、御三家が将軍の予備ならば、紀州、尾張、水戸の三家から選ばれなければならないのに、秀忠は外様の当主を指名した。結局、秀忠が死に、家綱が産まれたことで話は消えたが、あのままならば、四代将軍は光高になっていたかもしれない。

「御三家は神君の嫌がらせだ」

光貞が呟《つぶや》くように言った。

「えっ」

ついて行けないのか、綱昌が間の抜けた声を出した。

「そのとおりでござる」

光友が同意した。

「どういうことでございましょう」

綱紀もわからなくなった。

「家康さまは秀忠さまをお嫌いであったのでござるよ。だが、天下を手にするまで、徳川の世を確定させるまで、内紛をするわけにはいかなかった」

光友が告げた。

徳川の天下は危ういものであった。まず、家康の力だけで天下は取れなかった。他の大名たちの力を借りなければ、大坂にある豊臣家に対抗できなかった。大坂にいる豊臣秀頼は幼い、対して徳川家康は老練の戦巧者《いくさこうしや》。ここだけ見れば、勝負は家康の勝ちだと誰でも思う。徳川家の力だけでも天下は取れる。事実とはまったく違うが、こう見せつけておかなければ、天下を取った後の政《まつりごと》に困る。そのために、家康は豊臣秀吉が死んでから、関《せき》ヶ原《はら》まで二年のときをかけた。

「天下取りの関ヶ原。二年かけた総決算として、神君はさらに手を打った。石田《いしだ》三成《みつなり》らを暴発させるために、本拠江戸の向こうの上杉へ喧嘩《けんか》を売った。そして上杉討伐として、豊臣恩顧《おんこ》の大名を集め、大坂を離れた。こうすることで、神君は大坂方の諸将の結集を邪魔した。江戸より北の大名たちは、神君に反しようと思っても、皆、関ヶ原へ兵をだせぬ。江戸城を抜かねばならぬからな。上杉、佐竹《さたけ》、伊達《だて》、南部《なんぶ》、これらが兵をまとめて関ヶ原まで来ていれば……」

「徳川は負けていたな」

光友の話を受けたのは光貞であった。

「だからこそ、神君は上杉征伐という形を取った。さらに大軍を江戸へ移しながら、上杉に攻めかからず、一月《ひとつき》近く大坂が動くのを待ち続けた」

「さっさと上杉を滅ぼしてしまえばよかったのではございませぬか」

若い綱昌が血気を見せた。

「上杉を滅ぼすことはできただろう。佐竹を叩《たた》くこともな。だが、それでどれだけの被害が出る。戦って数を減じ、疲弊《ひへい》した兵で大坂方と戦えるか」

「……浅慮《せんりょ》でございました」

綱昌が恥じた。

「神君は、満を持して、大坂方が関ヶ原まで出てくるのを待った。なぜだかはおわかりであろう」

「兵や弾薬などの補給がすぐにできないよう……でございますな」

綱紀が答えた。

「そうだ。大坂に近い大津などで戦えば、江戸から遠い徳川は不利だ。ならば、どちらにとっても同じ条件の関ヶ原あるいは尾張一宮《いちのみや》あたりを決戦場とするのは当然の選択」

光貞が首肯《しゅこう》した。

「ともに兵力の追加ができない状態での決戦。関ヶ原はそう見えた。だが、事実は違った」

わかるかと光貞が綱紀を見た。

「中山道を進まれた秀忠さま率いる三万の軍勢」

「それだけでは、答えとして不足だな」

大きく光貞が首を振った。

「不足……まちがえてはいないが、たりぬところがある……なるほど。家康さまが率いた本軍と違い、与力大名がいっさいいない徳川だけの軍勢だと」

「そうだ」

綱紀の答えに光貞がうなずいた。

「数のうえでいけば、神君率いる本軍が少ない。下馬評でも大坂方が有利と言われていた。その状況で始まった天下分け目の合戦。当然、神君の本軍は数でまさる大坂方に押される。神君に与力していた黒田《くろだ》や福島、山内《やまのうち》などの豊臣恩顧の大名も、これはまずいと感じる。そこへ、中山道を進んできた徳川の兵三万が加われば……」

「数のうえでも勝《まさ》るだけでなく、疲れていない兵が大坂方の横腹から襲いかかるのだからの」

光貞の最後を光友が引き取った。

「戦況は一変する。大坂方は敗走し、崩れかかっていた与力大名たちは息を吐《つ》く。となればどうなる。大坂方は徳川家の兵強しと感じ、与力大名たちは己たちが手を貸したから徳川が勝ったとは言えなくなる」

ふたたび光貞が続けた。

「だが、秀忠さまは……」

「遅れた」

光友と光貞が口を合わせた。

「真田という路傍《ろぼう》の石に引っかかり、決戦に間に合わないという大失態をした。中山道軍が遅れていると知った神君が、どれだけ焦《あせ》られたか、想像に難《かた》くあるまい」

光貞が語った。

「かろうじて関ヶ原では小早川《こばやかわ》の寝返り、毛利の躊躇《ちゅうちょ》で勝った。だが、神君の思惑は吹き飛んだ。徳川の力だけで勝つという大前提が潰《つぶ》れた。与力した大名たちへの借りが徳川にはできてしまった。その借りは秀忠さまが作ったもの」

光友が締めくくった。

「おわかりになられたようだな」

「……………」

無言で綱紀は肯定《こうてい》した。

「我ら三家だけが徳川の名を許されている理由も、関ヶ原にある」

「天下分け目にかかわっていない……」

綱紀が小声で答えた。

「賢いな、宰相どのは」

満足そうに光友が微笑《ほほえ》んだ。

「吾《わ》が父義直《よしなお》、紀州の頼宣さま、そして水戸の初代頼房どの。皆、関ヶ原の戦い以降に産まれた者ばかり」

「では、我が祖秀康《ひでやす》さまが、徳川の名乗りを許されないのは……」

綱昌が顔をゆがめた。

「秀康さまだけではなく、関ヶ原までに生まれた神君の子供は松平の姓しか与えられていない。そこから類推しただけじゃ。これが正しいかどうかは知らぬ。ご存知なのは、神君家康さまだけ」

明確な答えを求めた綱昌に、光友はそう応じた。

「ただ、我ら御三家にだけ、将軍家に人なきとき、人を出せと神君が命じられたのは確かだ。これの意味をおわかりか」

「いいえ」

綱昌がうなだれた。

「これは秀忠さまへの脅《おど》しだ。関ヶ原で大失態をした秀忠さまに、いつでも代わりは出せるのだぞという神君さまのな」

「脅しといえるか。せいぜい嫌がらせじゃ」

光友の言いように、光貞が嚙《か》みついた。

「現実、我ら三家に将軍継承の話が来たことなどないではないか」

「…………」

言われて光友が黙った。

「直系での相続に、苦情を申し立てるほど、我らも飢《う》えてはおらぬ。まあ、死した我が父頼宣は違ったようだがな。それは置いてだ、今まで徳川将軍家が断絶の危機を迎えたのは、今回を含めて二度だ。一度目が先ほども出た三代将軍家光さまに跡取りができるまでの期間と、四代将軍家綱さまが、世継ぎなくして病に倒れられた今とな。その二度とも、御三家へ人を出すようにという、幕府からの指示はなかった。今回でも余や尾張どのが歳老いているという理由で除外されている。水戸など、端《はな》から資格なし扱いだ。だがな、我らには子供がおる。将軍となるにふさわしい血筋と年齢の子がな。その子供たちを差し置いて、なぜ、加賀ばかりなのだ」

光貞が不満をはっきりと口にした。

「秀忠さまのお血筋だからだ。秀忠さまも神君さまへの不満をお持ちだ。なにせ、家光さま、忠長どのと立派な跡継ぎが二人もいたのに、御三家という将軍を出せる家を三つも作られたのだからな」

「わかりまする」

綱紀も同意した。

「……ああ」

うなずいてから綱紀は気づいた。

「御三家に将軍のお話が回らないのは……」

「秀忠さまの嫌がらせだな」

「嫌がらせには嫌がらせよ」

光友と光貞が認めた。

「今の執政どもは、皆、家光さまの代に見いだされた者ばかりだ。当たり前だが、家光さまの血筋に忠誠を誓っておる」

「お待ちくださいませ」

光貞の言葉に、綱紀は疑問を感じた。

「それでは酒井雅楽頭さまが、わたくしにお話をくださった意味は……家光さまのお血筋の館林《たてばやし》公、甲府公がおられまするのに」

「わからぬ」

否定したのは光友であった。

「館林綱吉どの、甲府綱豊どの、それぞれ家光さまの四男、家光さまの孫である。直系だ。その二人ではなく、なぜ宰相どのに声をかけたか。まったくもって理解できぬ。それを知っているのはこの世にただ二人。酒井雅楽頭と上様だけだ」

難しい顔で光貞が述べた。

「とにかく、万全の注意をなさるようにな」

「はい。では、これにて」

光友の助言を区切りに、綱紀は大廊下を出た。


白書院で酒井雅楽頭と綱紀の話を聞いていた諸大名は、目付より下城禁止が言い渡され、厳しい叱責《しっせき》を受けた。だが、人の口に戸は立てられない。

酒井雅楽頭が正式に、幕府大老として前田綱紀へ西の丸入りを要請したという話は、一日かからず城内から、城下にまで拡がった。

「どういうことだ、成貞《なりさだ》」

神田館《かんだやかた》で館林左近衛中将《さこんえのちゅうじょう》綱吉が、怒りの声をあげた。

「やはり加賀に五代将軍がいくというではないか」

「お待ちくださいませ」

館林家付き家老牧野《まきの》成貞がなだめた。

「御上《おかみ》より、正式に公表されたわけでもございませぬ。今の段階で動くのはよろしくございませぬ」

「なぜだ。加賀ごときに将軍位を取られては、家光さまの血を引く者としての面目が立たぬ」

綱吉が不満を口にした。

「まだ決定したわけではございませぬ」

もう一度牧野成貞が焦《あせ》るなと言った。

「しかし、このままでは加賀に取られる。余が将軍にならずば、徳松《とくまつ》は一生、臣下ぞ」

徳松とは、綱吉の嫡男であった。綱吉の愛妾《あいしょう》お伝《でん》の方との間に生まれ、貴重な男子として大切に育てられていた。

「それは……」

牧野成貞が口籠《くちご》もった。

綱吉の悔しさを牧野成貞はよく知っていた。旗本であった牧野成貞は、綱吉が家光の四男として生まれたときに、傅育役《ふいくやく》としてつけられた。その後、家光の嫡男家綱が四代将軍と決まったことで、綱吉は館林二十五万石の藩主となり別家したのにつれて、牧野成貞も綱吉の傅育役から館林藩の家老へと転じた。生まれたときからずっと側《そば》にあっただけでなく、自身には男子がなかったこともあり、牧野成貞は綱吉を吾《わ》が子のようにして慈《いつく》しんできた。それだけに、綱吉の無念もよくわかっていた。

三代将軍家光を父としながら、綱吉は生まれたときから、すでに家臣と定められていた。

そして不幸なことに、綱吉は優秀だった。将軍として阿部豊後守忠秋《あべぶんごのかみただあき》を始めとする能吏《のうり》に囲まれて、なんの苦労もなく政務を預けられる家綱が、まったく勉学に励まなかったのに対し、綱吉は淫するくらい学問を好んだ。また、それだけの才能を発揮した。幕府の官学である朱子学《しゅしがく》の総本山、林大学頭《はやしだいがくのかみ》が「将軍家のお血筋でなければ、吾が学統をお継ぎ願ったものを」というほどであった。

周りが褒《ほ》め称《たた》えるのも悪かった。おだてられた綱吉が、学問の話をしても、ほとんど相手にならない兄家綱を侮《あなど》ったのも無理はなかった。

綱吉が家綱の下にいなければならないことを嘆くのに、さして日にちは要らなかった。

今回、もし前田綱紀に五代将軍の座がいけば、徳松もそうなる。

前田綱紀は賢明であり、徳松が勉学を好むかどうかはわからないが、主従の関係となるのは確かで、それは終生かわらない。

「吾《われ》は子のためにしてやれるだけのことを、したいだけなのだ」

綱吉が続けた。

「お気持ち重々承知いたしました。ではございますが、よく調べてみませぬと。うかつなまねは、先ほども申しましたように、殿のお身柄にもかかわりまする。どころか、徳松さまにも火の粉が飛びましょう」

「それはならぬ」

吾が子に被害が出ると聞かされて、綱吉があわてた。

「ご安心を。わたくしがそのようなことはさせませぬ」

「頼む」

自信ありげな牧野成貞に、綱吉が首肯した。

御前を下がった牧野成貞は、留守居役木村精兵衛《きむらせいひょうえ》を呼び出した。

「御用は」

木村精兵衛が挨拶《あいさつ》もなしで、用件を問うた。

「そなた加賀の留守居役と繋《つな》がりはあるか」

「ございませぬ」

館林は奥州《おうしゅう》への玄関口であり、加賀前田家の参勤路でもない。将軍家の身内とはいえ、政にかかわっていない館林と加賀の交流はなかった。

「噂は聞いたな」

「はい」

確認する牧野成貞へ、木村精兵衛はうなずいた。

「真実《まこと》かどうかの見極めをいたせ」

「それならば、すでにお城坊主から取りましてございまする」

あっさりと木村が応えた。

「昨日、城中白書院において、酒井雅楽頭さまと加賀宰相さまの間にやりとりがあったことはまちがいございませぬ」

「そうか。よくやった」

牧野成貞が満足した。

御三家、館林家、甲府家は、将軍家ご親類衆として、格別な扱いを幕府から受ける。とくに現将軍家の弟である館林と甥《おい》である甲府は、さらに別格であった。まず、参勤交代が免除された。続いて、お手伝い普請という名の賦役《ふえき》は命じられなかった。となれば、他藩のように留守居役という役目は不要であった。

当たり前である。館林も甲府も徳川家の別家として立藩し、歴史も浅い。その家臣もほとんどが、旗本からの移籍である。幕府の役人の親戚も多い。なにかあれば、すぐに報《しら》せが来る。わざわざ金のかかる留守居役など作る意味はない。

それを牧野成貞はあえて設けた。

「綱吉さまを五代将軍にするためには、旗本とのかかわりだけでは心許《こころもと》ない。老中、若年寄などの譜代大名との交際は必須である」

牧野成貞は、家光の四男である綱吉が、兄甲府綱重を押しのけて家綱の跡継ぎとなるには、老中たちの後押しが要ると考えていたのだ。甲府にとっては不幸、館林にとっては幸運なことに、兄綱重は、家綱よりも先に逝《い》った。とはいえ、家の格としては館林は甲府の弟であることにかわりはなかった。その格を押しのけるには、助けがいる。その一助として牧野成貞は、留守居役を重視していた。

「詳細をなんとか聞きたい。酒井雅楽頭とはいわぬ。誰か老中と会えぬか」

「堀田《ほった》備中《びっちゅうの》守《かみ》さまでよければ」

木村が名前をあげた。

「備中守さまか」

牧野成貞が思案した。

老中堀田備中守正俊《まさとし》は、三代将軍家光の寵臣《ちょうしん》堀田加賀守正盛《まさもり》の三男として生まれた。家光の男色相手として寵愛《ちょうあい》を受けていた加賀守正盛の息子である。その誕生は家光からも祝され、正俊は、家光の乳母《めのと》で大奥最高の権力者である春日局《かすがのつぼね》の養子とされた。

春日局の力は老中よりも大きい。家光三代将軍就任の最功労者なのだ。二代将軍秀忠、御台所江与《みだいどころえよ》の方の嫡男として生まれながら、なぜか二人に嫌われた家光は、同母の弟忠長に三代将軍の座を奪われそうになっていた。老中を始め、小姓たちまで忠長へとなびくなか、一人立ち向かったのが春日局であった。春日局は身分を偽《いつわ》って、江戸城を抜けだして駿河《するが》の家康のもとへ密行し、苦境を訴えた。

泰平の世では力よりも秩序を重んじるべきである。外様《とざま》大名たちの謀叛を抑えるためにも、乱世とは違った基準が要ると考えていた家康は、春日局の願いをよしとした。

家康は江戸へ出向き、家光を世継ぎとした。

天下を取った父の言葉には、将軍といえども逆らえない。秀忠も不平を隠して了承、三代将軍は家光となった。

家光を将軍にした。その功績は並ぶ者のないものである。その春日局の養子として、堀田正俊は選ばれた。

春日局の死後、その所領を継いで三千石の旗本となった堀田正俊は、家光の死に殉《じゅん》じた父加賀守正盛の遺領の一部を分けられ、上野新田《こうずけにった》一万三千石の大名へと出世、その後家綱の信頼を得て、奏者番《そうしゃばん》、若年寄、老中へと出世していた。所領も加増を繰り返し受け、今は上野安中《あんなか》藩四万三千石になっている。

その本家が佐倉《さくら》を領し、館林と近かった関係から堀田備中守正俊と館林徳川家は、交流をもっていた。

「話を聞いて参れ」

「承知いたしました」

牧野成貞の指示に、木村が手を突いた。

三

木村はその足で神田館を出て、堀田家の上屋敷へと足を急がせた。大名の家中ではどこでも大門の左右に門番足軽を立たせ、警衛とともに来客の取り次ぎをさせていた。

「御免《ごめん》。拙者《せっしゃ》、館林家家臣木村精兵衛と申しまする。御用人さまにお目通りを願いたい」

「しばし待たれよ」

門番足軽が、玄関へと走っていった。

「どうぞ、お入りあれ」

すぐに門番足軽が戻り、木村を門内へと案内した。

老中や若年寄などのところへは、いろいろな用件で来客が来る。そのたびにいちいち門を開けて対応していたのでは、手間がかかる。そこで執政たちの屋敷は、夜明けから日没まで開け放たれているところが多かった。

「こちらへ」

玄関では案内の家臣が木村を出迎えた。

「かたじけなし」

木村はしたがった。

「こちらでしばしお待ちあれ」

玄関からかなり入った客間まで、木村は通された。

「ずいぶんと立派な客間であるな」

何度も堀田家の屋敷を訪れている木村であったが、ここまで奥へと入ったことはなかった。

「……しかし、遅い」

立派な客間へ通されたという対応とは逆に、木村は長く放置された。

「誰も来ぬでは、帰るわけにもいかぬ」

多忙で時間が取れないならば、後日を約して帰るべきである。いつまでも待っているのは、面会を強要していると取られ、失礼になることもある。

といっても、勝手に帰るのは、もっと無礼であった。一応声を掛け、お忙しいようなので、明日にでもあらためますと伝言しなければならない。しかし、伝言しように も相手がいない。まして他家の屋敷である。人探しに部屋を出て行くわけにもいかなかった。

最初に出された茶もとうに尽きていた。木村は半刻（約一時間）以上、無聊《ぶりょう》をかこつはめになった。

「お待たせをいたしました。ただいま、主《あるじ》備中守が参りまする」

ようやく襖が開いたかと思えば、取り次ぎの侍がとんでもないことを口にした。

「な、なんと」

館林の家臣とはいえ、重職扱いを受けない留守居役である。家老の牧野成貞ならまだしも、木村が老中と直《じか》に会うなどありえなかった。

「すまぬ。待たせた。来客がなかなか途切れなんでな。貴家との交誼《こうぎ》に甘えさせてもらった」

衝撃から木村が立ち直る前に、堀田備中守正俊が座敷へ入ってきた。

「…………」

あわてて木村は平伏した。

「楽にしてくれ。そうされると、余も背筋を伸ばさねばならぬ」

上座へ腰を下ろした堀田備中守が、面《おもて》を上げろと言った。

「畏《おそ》れ入りまする」

おずおずと木村が堀田備中守の顔を見た。

「不意にお邪魔いたし申しわけございませぬ」

「気にされるな」

詫びる木村へ、堀田備中守が手を振った。

「畏れながら、御用人さまへお目通りをお願いいたしましたのでございますが……」

木村が手違いではないかと尋《たず》ねた。

「加賀のことであろう」

あっさりと堀田備中守が口にした。

「…………」

二度目の驚愕《きょうがく》で木村は言葉を失った。

「館林公から人が来る。となれば、雅楽頭さまと加賀のことしかありえぬ」

「……ご明察でございまする」

ようやく木村は返答できた。

「よろしゅうございましょうか」

話を始めて良いかと木村は訊いた。

「うむ」

「あの噂はまことでございましょうや」

堀田備中守の了承を得て、木村は問うた。

「加賀を五代さまへという話よな。あれはわからぬ」

「備中守さまのもとへも」

「ああ。話は来ていない。もしあるとすれば雅楽頭さまの独断であろう」

確認する木村へ、堀田備中守が述べた。

「そのようなことが許されまするので」

「大老の権は、老中すべてを合わせたよりも強いのだ」

堀田備中守が小さく嘆息した。

「将軍さまをお決めになれるほどでございますか」

「大政委任を上様より受けておるからな。それが大老というものだ」

根拠を訊いた木村へ、堀田備中守が教えた。

「大老とはそこまで……」

木村が絶句した。

大老は非常の職とされる。記録によると三代将軍家光が、土井大炊頭利勝《どいおおいのかみとしかつ》と酒井雅楽頭忠勝《ただかつ》を任じたのが最初とされる。その二人の跡を継いだのが、当代の大老酒井雅楽頭忠清であった。

「酒井雅楽頭さまは、徳川四天王の一つ酒井家の嫡流《ちゃくりゅう》。家光さまの御世に奏者番《そうしゃばん》として召し出され、家綱さまの代でいきなり老中首座へ抜擢《ばってき》、寛文《かんぶん》六年（一六六六）に大老へと就任した。老中就任から十三年、奏者番から見ても二十八年しか経っていない。それだけ家綱さまのご信頼が厚いということだの」

「奏者番からいきなり老中首座とは……」

「驚くべきことではあるな。奏者番は、目通りを願う者や献上された品を上様へお披露目する役目。政にかかわりはない。もっとも奏者番は、詰衆《つめしゅう》から抜擢される最初の役目ではある」

堀田備中守が説明した。

詰衆は譜代大名でさほど石高の多くない者から選ばれ、江戸城中に詰める役目である。役高などはなく、役職に空きが出たときの補充というか、有能な譜代大名たちの待機場所ともいうべきものであった。

「事実、余も奏者番から若年寄になるのに十年、老中になるまでさらに九年、合わせて十九年しかかかっておらぬで、他人様《ひとさま》のことをいえた義理ではないが」

「それは備中守さまのお力が……」

木村が世辞を口にした。

「儂《わし》など浅才だ。ゆえに、一心に老中たらんとしている」

謙遜《けんそん》しながらも、堀田備中守が自負を覗《のぞ》かせた。

「だが、酒井雅楽頭さまはどうなのであろう。奏者番からいきなり老中首座、そして大老という抜擢を受けてはいるが」

「…………」

大老の能力を疑う話である。うかつに同意はできない。木村が黙った。

「伊達騒動、越後《えちご》騒動。あの二つを見てもわかる」

堀田備中守が述べた。

伊達騒動は寛文《かんぶん》十一年（一六七一）に起こった大事件であった。放蕩《ほうとう》を咎《とが》められて隠居させられた伊達家三代藩主綱宗《つなむね》に端を発した騒動は、まだ幼い四代藩主綱村《つなむら》のもとで誰が権を振るうかでの争いであった。やがてことは藩内で終わらず、幕府の裁定に持ちこまれた。その裁定の場となった酒井雅楽頭の屋敷で、一方の当事者が、相手方のみならず幕府役人にまで斬りつけ、三人が死亡するという惨劇を起こした。己の屋敷で引き起こされたにもかかわらず、酒井雅楽頭は伊達家を罰しなかった。

続いて越後騒動は、越前松平家の嫡流《ちゃくりゅう》越後高田《たかだ》藩主松平光長の家臣たちが、二手に割れてもめた。一度酒井雅楽頭の調停で収まったかに見えたが、半年も経たないうちに再燃。面目を潰《つぶ》された酒井雅楽頭は激怒、御為派となのった一方を悪として処断した。だが、こちらに、他藩とくに外様大名ならばまちがいなく改易よくて減封のうえ転じられるほどの家中不行き届きながら、光長にお咎めはなかった。

「どちらも潰すべきだった。伊達はいうまでもなく、奥州最大の外様だ。六十二万石を領する外様が一つ消えてくれれば、どれほど幕府が楽になるか、わかるであろう」

「はい」

今度は木村もうなずけた。

「なにより、高田だ。木村どのはおわかりのはずだ。身に染みてな」

瞳を光らせて、堀田備中守が木村を見た。

「…………」

ふたたび木村は沈黙した。

「伊達を潰すのは幕府のため。では、高田を潰すのは誰のためだ。そう、徳川本家のためだ。将来将軍家を簒奪《さんだつ》するかも知れない相手だからな、一門は」

「……そのようなことは……」

木村が汗を滝のように流した。

「すまぬ。少し言い過ぎたようだ」

堀田備中守がほんのわずかだけ頭を下げた。

「いいえ。とんでもないことを」

ときの老中を詫びさせる。御三家ならまだしも、陪臣のしていいことではなかった。

「さて、話を続けようか。では、なぜ酒井雅楽頭さまは、両家を潰さなかったのだ」

「……わかりませぬ」

木村は首を振った。

「ああ。余も類推するしかない」

「お伺《うかが》いできまするか」

推察を聞かせて欲しいと木村が願った。

「奏者番から老中への抜擢……聞こえはいいな。だが、そのじつは、奏者番から寺社奉行、若年寄、大坂城代などへ引きあげられなかっただけ……」

「なっ、なにを」

木村が目を剝《む》いた。

「まあ、はっきりと言えば干されていたのだ。雅楽頭さまはな。その理由は簡単に想像がつく。三代将軍家光さまの大老酒井雅楽頭忠勝どのだろう。大老とはいえ、忠勝さまは、酒井家としては分家だ。そこへ本家の若さまが登場した。どう思う。大老はときの権力者だ。城中や公式の場では、忠勝さまが上。だが、酒井家の私事となれば、途端《とたん》に座は逆転する。本家はどうしても分家を下に見るからな」

言いながら堀田備中守が頰をゆがめた。

堀田備中守も分家であった。あいにく本家である兄正信は、幕府を非難して改易されてしまっている。とはいえ備中守は、堀田家の嫡流ではなかった。

「あまりいい気はせぬ。たしかに本家は尊重せねばならぬ。だが、鈍重な本家に頭を下げることが、どれだけ辛いか……」

少しだけ激した堀田備中守が、言葉を切った。

「貴殿のご主君も、よくご存じであろう」

「…………」

木村が顔色を変えた。

「ふっ。まあ、その辺の真実は雅楽頭さまに聞いてもらうしかないが、当たらずとも遠からずであろう。さて、冷や飯を喰《く》わされ続けていた雅楽頭さまに光があたった。それもいきなり老中首座だ。それを与えてくださったのは上様だ。そうなると……」

「雅楽頭さまの忠誠は、一人上様だけにいく」

「ああ」

満足そうに堀田備中守が首肯した。

「では、雅楽頭さまのなさっていることはすべて……」

大きく木村が息を呑んだ。

「上様ただお一人のため」

堀田備中守が告げた。

「伊達と高田松平を残したのも、そして五代将軍に加賀を迎えようとしているのも……」

「おそらくだがな」

木村の確認に堀田備中守は応えた。

「上様のご意向だろう」

「まさか……」

堀田備中守の止《とど》めに、木村が絶句した。

「上様にはお子さまがない。どうやっても吾が子に将軍職を譲ることはできない。そのため、五代将軍の座がどうなるかは、世間の注目を集めている。もともと上様はお丈夫ではない。なにかとお身体《からだ》を崩されることも多い。それこそ、四代将軍となられたときから、次は誰がと言われ続けて来られた。そんな想いをずっとしていた上様は、どうお考えになるかの」

「わかりませぬ」

将軍の気持ちなど、読めるはずもない。木村が首を振った。

「余もわからぬ。だが、余がその立場であったならば……」

堀田備中守が息を吸った。

「将軍を、その地位を呪《のろ》うだろうな」

「呪う……では、一連のことは、すべて上様の……」

「ではないかと余は思っている。伊達は幕府にとって刺さり続ける楔《くさび》である。高田《たかだ》松平は、秀忠さまの兄君秀康さまのお血筋だ。正統という点でいけば、今の将軍家を押さえてもおかしくはない。血を正統に戻せという錦の御旗になりかねぬ」

「……ひくっ」

あまりの話に木村が呼吸を苦しくした。

「……加賀は……」

「あれだけはわからぬ。本気で加賀へ譲ろうとなされているようには思えぬのだが……」

「上様の我が主への嫌がらせということは……」

木村が問うた。

「ないとはいえぬ。なにせ、兄弟こそ最大の敵だからの、将軍家にとって。将軍家の兄弟というのは、悲惨な目に遭《あ》うもの。秀忠さまのご兄弟、忠輝《ただてる》さまも謀叛《むほん》を疑われて流罪、家光さまの弟忠長さまは叛逆《はんぎゃく》の罪で自裁。では、家綱さまのご兄弟である綱吉さまはどうなるのだろうな」

「ごくっ」

音を立てて木村が唾《つば》を呑んだ。

「一度、儂は、館林宰相さまとお目にかかりたいと思っているのだ」

「それはありがたいお話でございまする」

木村が身を乗り出した。

「分家の想いをともに語り合う席をな。ではの。まだ客を待たせておるでな」

「早速に用意させていただきまする」

堀田備中守の求めを、木村が承諾した。

「ああ。そうだ」

立ちあがり部屋を出かけた堀田備中守が足を止めた。

「少し加賀に釘を刺しておかれるのもよかろう。加賀藩に五木《いっき》という留守居役がおる。我が家の留守居と顔見知りでな。小利口な男だそうだ。そやつに吹きこんでやるのがよろしかろう。今回の話は、加賀藩を試すものだと。綱紀公が承諾したとたん、簒奪《さんだつ》の意思ありとして、加賀を潰すのが、大老の真の狙いだとな」

「ご老中さまのお名前をお出ししても」

信憑性《しんぴょうせい》を高めるに、老中の名前ほど効果のあるものはない。木村が問うた。

「噂としてくれればよい。噂で責任を負わされることはないからの。藩が潰れるとなれば、焦って馬鹿をする者もでよう。お家騒動でも起こしてくれれば、加賀に罰を与える。そうなれば、前田に将軍の目などなくなるであろう。館林さまのお力になると思うぞ」

「かたじけのうございまする」

木村が深く平伏した。

飛脚《ひきやく》を使い安全を確かめながらとはいえ、中山道をひたすら急いだ数馬たちは、江戸まであと一日というところ、鴻巣《こうのす》の宿《しゆく》にいた。

「八幡社《はちまんやしろ》へお参りをしたい」

前田直作の希望で、一行はここに宿をとった。

鴻巣には、大江山《おおえやま》の鬼退治で有名な源頼光《みなもとのよりみつ》四天王の一人、渡辺綱《わたなべのつな》を祀《まつ》った八幡社があった。

「前田家に巣くう鬼を退治するのだ。これほどありがたい社もあるまい」

八幡社に参拝した前田直作が満足そうに言った。

「いよいよ、明日には江戸だな」

鴻巣から板橋《いたばし》の宿までは、およそ九里半（約三十八キロメートル）、そこから前田家の上屋敷までは、半日もかからない。

数馬は緊張していた。

「琴姫さまへのお手紙はいかがなさいますか」

林彦之進が問うた。

「そのような場合ではなかろう」

書かないと数馬は首を振った。

「……おわかりではないようで」

大きく林が嘆息した。

「どういうことだ」

数馬が問うた。

「今回の戦《いくさ》はすでに終わっているということでございますよ」

「なにを。まだ殿にお目にかかっていない。江戸にも着いていないのだぞ」

林の意見に数馬は反発した。

「そのようなもの。すでに枝葉でしかございませぬ。江戸まで一日、ここまでくれば前田直作さまが一人になられても、もう大丈夫な距離。襲うならば、もう一日前でなければなりませなんだ」

「なっ……」

勝利を口にした林に数馬は驚いた。

「おそらく明日ある戦いも、結果に影響は及ぼしますまい」

「馬鹿な。戦いは終わってみるまでわからぬものだ。油断は大敵だ」

数馬は否定した。

「油断なさるおつもりか」

「そんなわけなかろう。全身全霊で立ち向かうわ」

はっきりと数馬は宣した。

「よかった。でなくば、殿に婿《むこ》にふさわしからずとご報告をいれさせていただくところでございました」

ほっと林が息を吐いた。

「もっとも負けるようならば、琴さまが許されませぬ。離縁状を自らお認《したた》めになられましょうな」

「…………」

数馬は息を止めた。

「男と女も戦でござる。女は、よりよい男、より強い男の子を産むのが本能。そのために厳しい目で男を見ておりまする。もちろん、己が認めた男に見捨てられぬように男の矜持《きょうじ》を数馬は口にしようとした。
「ならばこちらから……」
れたとはいえ、いつ捨てられても文句は言えませぬぞ」
けません。あなたが琴姫さまを選んだのではなく、琴姫さまがあなたを選んだ。選ば
そ、嫁に行くことにうなずく。よろしゅうございますか。お考え違いをなさってはい
「家と家でない婚姻《こんいん》は、男と女のもの。女は己の身を託《たく》すにふさわしいと思えばこ
は言葉に詰まるしかなかった。
て三代、禄《ろく》も多いとはいえ千石と桁《けた》が違う家の当主では、釣り合うはずがない。数馬
五万石という、そこいらの大名を霞《かす》ませる石高の筆頭家老の姫と、まだ家臣になっ
「それは……」
談はどうでございましょう。とても家と家のものとは言えませぬな」
「あれは家と家の繋《つな》がりだけだからでございまする。では、琴さまと瀬能さまのご縁
林の言葉を数馬は否定した。
「なにを……妻から離縁を言い出すなど、武家ではありえぬ」
抱かれてはくれませぬ」
努力もいたしますが、その努力に見合う男でなければ、身をゆだねるに値しない男に

「琴姫さまをあきらめられまするか」

「……うっ」

数馬はうなった。

わずか十日もない逢瀬《おうせ》ではあったが、数馬は琴に魅入《みい》られていた。美貌もさることながら、少女のような純真さとすべてを知り尽くした策士のような思考、その相反する二つを内包した矛盾《むじゅん》。数馬は琴にほとんど心を奪われていた。

「明日も戦い。ではござるが、それはもう決着がつきました。しかし、男女の戦いはどちらかが死ぬまで続くもの。手はしっかり打っておくべきだと」

「あいわかった」

林の助言に数馬はしたがった。

数馬は一人で文机《ふづくえ》に向かい、琴への手紙を書いた。途中での襲撃も詳細は省《はぶ》いたが、記した。

「……明日には殿へお目通り願えるかと存ずる。しばし、江戸屋敷で落ち着かぬ日々となりましょう」

なにげなく当分連絡はできないとの一文を数馬は忍ばせた。後々手紙が少ないと言われたときのための用心であった。

「これを出してくれぬか」

本陣宿は問屋場を兼ねているところも多い。鴻巣の宿はそう大きな宿ではないが、中山道という大街道沿いのため、飛脚はいた。

「金沢まででございましたら、四十匁《もんめ》ほどいただきまするが……」

主が申しわけなさそうに言った。

四十匁は銭にしておよそ二千六百文ほどになる。旅籠《はたご》で一泊して朝晩の二食をつけておよそ二百文少しなことを考えれば、かなり高かった。

「他の荷が来るまでお待ちいただけるならば、六匁でよろしゅうございます」

「それは困るな」

金沢へ行く旅人に預ける。あるいは届け荷に便乗する。そうすれば費用は格段に安くなった。ただし、いつあるかわからない便になる。それこそ、半月やそこらは覚悟しなければならなかった。

「金はかかってもよい」

ことが終われば、江戸藩邸から国元へ出る御用継ぎに手紙を託せる。その手紙が先につくようなまねは、琴が許さない。数馬は懐《ふところ》から金を出した。

「たしかにお預かりいたしました」

主が手紙と金を受け取った。

私用をすませた数馬は、前田直作のもとへ向かった。

「前田どの」

「瀬能か」

旅も四日目になれば、慣れてくる。二人の間に身分の垣根は感じられなくなっていた。

「いよいよ、明日でござるな」

「うむ。さすがに宿を襲うとは思えぬが、気を抜くわけにはいかぬな」

緊張する数馬に、前田直作も同意した。

「どこで来るか。それを考えるのも止めておこう」

「なぜでございまするか」

数馬は問うた。

「今まで待ち伏せの場所をこちらは見抜いていた。だからこそ、痛い目を見ずしてすんだ」

「はい。ですから、明日もそうすべきでございましょう。準備をしておけば、怖れるものはありませぬ」

「相手もそれは知っている。いや、我らより痛感しているだろう。被害はあちらが多いのだからの」

前田直作が状況を述べた。

「こちらの予測をはずしてくるとお考えか」

「だろうと思う。でなくば、すでに襲い来ていたはずだ。鴻巣はもう限界をこえた場所である」

林と同じことを前田直作が述べた。

「ずっと気を張っているのは難しゅうございますぞ」

問題を数馬は指摘した。

人というのは緊張と緩和を繰り返すものだ。ずっと緊張し続けることはできない。心臓がそのいい例であった。拍動も緊張と緩和の結果である。ずっと心臓が緊張していれば、全身へ血を送ることができず、人は死ぬ。精神も同じであった。

「がんばっても人が緊張していられるのは一刻ほど。そのあとどうしても緩和が来まする。そこを狙われれば、ひとたまりもございませぬ」

数馬は無理だと言った。

「わかっている。だが、せねばならぬのだ。ここまで来て失敗するわけにはいかぬ」

厳しい口調で前田直作が告げた。

「無理は人を死なせますぞ」

「加賀が滅びるよりはましだ」

怒鳴《どな》るように、前田直作が言い返した。

「…………」

家が潰れると言われては、武士に反論はできなくなる。数馬は沈黙した。

「あと一日、一日のことだ。無理を承知で頼む。吾を江戸へ届けてくれ」

前田直作が数馬の両手を摑《つか》んで頼んだ。

「……できうるかぎりのことはいたしまする」

かならずと保証するだけのものを、数馬はもっていなかった。

第四章　将軍の願い

一

将軍の一日は朝の小姓《こしょう》のかけ声で始まる。

「もおおおお」

夜明けとともに当番の小姓が牛のような、間の抜けた声を発した。これは、「もう刻限でございまする」から転じたものとされ、この声を合図に将軍が起きていようが、まだ寝ていようがかかわりなく、御座《ござ》の間《ま》の掃除が始まる。

変な声のあとに、枕元で箒《ほうき》を使われて寝ておられるはずもない。いやでも将軍は起きることになる。

しかし今、四代将軍家綱は体調を崩していた。さすがに牛の声も掃除もなかった。

「おはようございまする」

夜具に横たわる家綱を目覚めさせたのは、医師であった。

「……まだ朝か」

家綱がか細い声で応じた。

「お休みになられませんでしたか」

医師が問うた。

「今が朝か夕方かもわからぬのだ。寝たか寝てないかもわからぬわ。せめて、雨戸だけでも開けさせよ」

将軍家御座の間は万一の刺客に備えて、庭と直接面していない。間に入り側という広めの畳廊下《たたみろうか》と壁があった。壁にもちろん窓障子《まどしょうじ》ははめられているが、庭に面した廊下の雨戸が閉められていては、いっさい日の光は入ってこなかった。

「ご気分はいかがでございましょうや」

「いいぞ」

「それは重畳《ちょうじょう》」

「まだ生きているとわかるからな。死ねば、この辛《つら》さもなくなる」

「……」

喜ぼうとした医師が、家綱の言葉に絶句した。

「誰ぞ、躬《み》を起こせ」

「はっ」

御座の間に控えていた小姓が膝行《しっこう》して家綱の側《そば》へ近づき、その身体《からだ》を支えた。

「どうした、脈をとるのだろう」

まだ動けないでいる医師へ、家綱が左手を出した。

「……は、拝見いたしまする」

あわてて医師が懐《ふところ》から紫の袱紗《ふくさ》を取り出して、家綱の左手に巻き付けた。その上から脈をはかった。

人の脈は、手首の内側、親指の付け根をさがったところで診《み》た。かつては貴人の身体に直接触れる無礼を避けるとして、手首に絹糸を結び、その端を持って脈をとったが、どう考えても無理であるとして、最近袱紗ごしへとあらためられていた。

「…………」

医師が眉《まゆ》をひそめた。

「わかるわけなかろう。躬が直接触れても、ぎりぎり感じるていどなのだ。絹の薄布とはいえ、それを介しては脈を測るどころではなかろう。衣服ごしに女を触るほうがまだわかるわ」

家綱が嘲笑《ちょうしょう》した。

「お口をお開けいただきますよう」

淡々と医師は作業を進めた。

「ほれ」

家綱が口を開けた。

「ご無礼を」

灯《あか》りを医師は近づけて、家綱の口のなかを見た。

「舌をお出し下さいませ……けっこうでございまする」

医師が診察の終わりを告げた。

「ご苦労であった」

手を振って家綱が医師を下がらせた。

「お漱《すす》ぎを」

小姓が家綱の袖《そで》を支え、小納戸が塗りの桶《おけ》と湯飲み、塩を差し出した。この塩を房《ふさ》楊枝《ようじ》につけ、歯を磨《みが》くのだ。将軍の塩には、房州砂《ぼうしゅうずな》が混ぜられ、歯の汚れを取りやすい工夫がされていた。

「御上《おかみ》、朝餉《あさげ》の用意ができておりまする」

漱ぎが終われば、朝餉である。三の膳つきの朝餉が家綱の前に並べられた。

「…………」

嫌そうな顔を家綱がした。

将軍の朝餉は一年をつうじて同じであった。鱚《きす》が醬油《しょうゆ》の付け焼きと塩焼きの二種、白身の刺身、煮物と決まっている。体調を崩しても変わることがない。

「匂《にお》いをなんとかできぬのか」

家綱が不満を口にした。

鱚の醬油の付け焼きには山椒《さんしょう》が加えられていた。その香りが病中の家綱にはきつすぎた。

「…………」

食事の用意は小納戸の役目である。膳係の小納戸は聞こえないふりをした。

将軍が食事に文句をつける。これは、台所役人の責任となる。一つまちがえば、台所役人が腹を切らなければならなくなるのだ。暗黙の了解として、家綱の不満は誰も聞かなかったこととされた。

「ふん」

家綱は鱚や刺身には触れず、煮物と飯を少しだけ食べた。

「もうよい」

箸《はし》を家綱が置いた。

「お医師」

小姓組頭《くみがしら》が、御座の間の隅で控えていた先ほどの医師へ声をかけた。

「よろしいかと」

医師が首を縦に振った。

「片付けを」

小納戸が膳を引いた。ほとんど残った食べ残しは、そのまま御座の間に近い囲炉裏《いろり》の間へ下げられ、当番の小姓たちが食した。これは、将軍の余りものをいただくという光栄なものではなく、食事を残すことで台所役人への不満、味が合わないという苦情を黙殺するためであった。これも役人同士で身内をかばう悪癖《あくへき》であった。

「御上、老中大久保加賀守《かがのかみ》がお目通りを願っておりまする」

朝餉ののち着替え、用便などを終えれば、執務の始まりになる。小姓組頭が、政務の開始を告げた。

「通せ」

家綱が許した。

「御上におかれましては、ご機嫌麗《うるわ》しく、臣加賀守、お喜びを申しあげまする」

御座の間下段中央に腰を下ろした大久保加賀守が手を突いた。

「加賀守も健勝のようでなによりである」

老中といえども家臣でしかない。だが、政《まつりごと》を担《にな》う重職でもある。老中には将軍も気を使った言葉遣《づか》いをした。

「早速《さっそく》ではございまするが……」

大久保加賀守が後ろについてきた右筆《ゆうひつ》の手から書付《かきつけ》を取った。

御用部屋に入った老中たちは、まず会議をする。ここで大きな問題がなければ、月《つき》番《ばん》老中は御座の間へ伺候《しこう》し、案件を将軍へ報告、追認を求める。

「まずは、増上寺《ぞうじょうじ》でおこなわれまする祈願につきまして……」

大久保加賀守が説明を始めた。

「そうせい」

「畏《かしこ》まりましてございまする。続きまして……」

右筆が差し出した新しい書付を、大久保加賀守が受け取った。

幕政のかかわる書類、そのすべてを右筆が書いた。その職責から右筆は若年寄でさえ立ち入れない老中御用部屋にも出入りできた。ただし、身分は低く、御座の間に伺候している今も役人としてではなく、老中の持って来た道具と同じ扱いを受けた。将軍から声をかけられることはなく、また声を発することも許されなかった。

「本日の案件は以上でございまする」

八件の報告をすべて認められた大久保加賀守は、にこやかに終了を宣した。

「ご苦労であった。下がってよいぞ」

先ほどの医師のときのように、手を振るようなまねはせず、家綱は大久保加賀守をねぎらった。

「では、これにて」

「ああ、待て加賀守」

背を向けた大久保加賀守を家綱が止めた。

「なにか御用でございましょうや」

立ったまま将軍の用件を聞く。これは無礼にあたった。振り向いた大久保加賀守が膝《ひざ》をついた。

「手が空いたときでよい。雅楽頭《うたのかみ》に来てくれるようにと伝えてくれ」

さすがに敬称を付けないが、大老には、将軍もていねいな口調で言った。

「承りましてございまする」

大久保加賀守が御座の間を出た。

将軍の求めに酒井雅楽頭が応じたのは、昼を過ぎてからであった。

「お呼びと伺《うかが》いましてございまする」

「雅楽頭、多忙の折からすまぬな」

家綱が詫《わ》びた。

「皆の者、遠慮いたせ」

他人《ひと》払《ばら》いを家綱が命じた。

「はっ」

大老と将軍の会話である。他人払いはいつものことであり、小姓たちも慣れた体《てい》で出ていった。

「近くまで頼む。声を張るのは辛《つら》い」

家綱が頼んだ。

「御上」

急ぎ寄った酒井雅楽頭が、家綱の身体を支えた。

「あと何日もつと医師は申していた」

「……御上」

問われた酒井雅楽頭が詰《つ》まった。

「隠すな。今朝《けさ》、鏡を見てよくわかったわ。躬の寿命はもうない」

「そのようなことは……」

「やめてくれ。雅楽頭だけは躬に嘘をついて欲しくない。躬の顔には、奥と同じ影が出ている」

「…………」

酒井雅楽頭が絶句した。

家綱の言う奥とは、正室伏見宮顕子内親王《ふしみのみやあきこないしんのう》のことだ。家綱の正室として、伏見宮《ふしみのみや》家から十八歳のおりに嫁いできた。家綱との仲はよかったが、子供はなく、延宝《えんぽう》四年（一六七六）乳房にできたしこりが原因で死亡した。享年三十七歳。医師とはいえ、夫以外の男に乳房を晒《さら》すわけにはいかぬと診療を拒否、家綱の見守るなか静かに眠りに就いた。

「死ぬ直前の顕子の顔にあった影、あれが躬の顔にも浮いていた」

「御上……」

寂しげにいう家綱へ、酒井雅楽頭がなんともいえない顔をした。

「あと三ヵ月あるかどうかと」

酒井雅楽頭が答えた。

「意外と長いな」

家綱が目を大きくした。

「短すぎまする」

泣きそうな声で酒井雅楽頭が首を振った。

「今年で四十歳、不惑までは生きた。ふん。不惑だと。迷いたくても迷えない将軍ぞ。いや、迷わせてもくれぬ。すべては、執政どもの言うとおりにうなずくだけ。人《ひと》形《がた》でも務まる。もし生き延びられたとしても、同じ日々が続く。もう、どうでもよいわ」

感情を家綱が表した。

「お心をお平らに」

酒井雅楽頭が宥《なだ》めた。

「そうであったな。で、どうだ、加賀は」

「日限を切りましてございまする」

経緯を酒井雅楽頭が説明した。

「よいぞ。これで加賀の尻に火が付いたであろう。いや、甲府にも、館林《たてばやし》にもな」

家綱が暗い笑いを浮かべた。

「躬の生まれる前に、一度加賀は将軍位とかかわったという。生まれる前のこととはいえ、よい気はせぬ」

「分をわきまえておりませぬ」

酒井雅楽頭も同意した。

「館林は弟に生まれた不満を口にするだけで、兄に生まれた者の苦労をわかろうとはせぬ」

「周りに付いておる者もあまりよろしくないようでございまする」

恨《うら》み言《ごと》を口にする家綱に、酒井雅楽頭は同調した。

「躬が生まれるなり、加賀は身を退いた。そして躬が世継ぎと決まったとたんから弟たちは躬の死を願う。将軍になったが、老中たちは、躬になにもさせぬ。ならば酒に溺《おぼ》れようとしても、台所役人も小納戸も決められただけの量しか寄こさぬ。食いものなど躬が生まれてからずっと同じ。女もそうだ。大奥は御台所《みだいどころ》が主《あるじ》であり、躬は客だ。客のわがままはあるていどまでとおるが、それ以上は許されぬ。気に入った女を見つけて、伽《とぎ》にと思えども、家柄がどうだと障《さわ》りを言い立て、なかなか好きにできぬ。酷《ひど》いときなど、夜具に別の女がいたこともあった」

「そのようなことまで」

さすがに酒井雅楽頭が驚愕《きようがく》した。

「大奥のつごうがいい女だったのだろうよ。すでに御台所は死んでいたゆえ、手配したのは年寄あたりだろうが……。気に染まぬ女など抱く気にもならぬ。大奥はわかっておらぬ。男など女をあてがえば、誰でも抱くと思いこんでおる。翌朝、叱《しか》りつけると、子を作るのは将軍の仕事。それを司《つかさど》るのは大奥だと顔色も変えずに言い放ちおった」

「なんという無礼……」

酒井雅楽頭が憤《いきどお》った。

「このような思い、館林はしておるまい。好きな学問にのめりこみ、気に入った女を抱き、子供まで作った。躬から見れば、なんともうらやましいことよ」

家綱が吐《は》き捨てた。

「躬は将軍になりたいと願ったことなど一度もない。生まれたときから決められていた。館林には将軍になるという夢がある。では、躬はなにを目標に生きればいい」

「御上……」

「夢はもうよい。見ているときさえ、すでに躬にはない」

感情をなくした声で、家綱が言った。

「将軍としてなにもできず、吾《わ》が子に後さえ継がせられなかった躬を、後世の者どもは笑うのだろうな」

「そのようなことは……」

あわてて酒井雅楽頭が否定した。

「御上のご裁定は正しゅうございまする。とくに伊達、高田松平の騒動で、家を潰《つぶ》すなと仰《おお》せられたこと、わたくしめは感服しておりまする」

酒井雅楽頭が述べた。

「これ以上浪人と恨みを増やすわけにはいくまい」

家綱が嘆息した。

「伊達を潰せば、万に近い家臣と数万をこえるその家族が食べる手立てもなく、世に放たれる。それがどれだけ治安を悪化させるか。いや、それ以上に問題なのが身分の区切りが曖昧《あいまい》になることだ。今まで武士でござい、四民の長《おさ》であると威張《いば》っていた武家が、浪人になるといきなり町人身分になる。それだけならまだしも、禄《ろく》をもらうだけであった武士が放り出されて喰《く》いかねればどうなる」

「持っているものを売るしかございますまい。もと武家の矜持《きようじ》は人足仕事などをよしといたしますまいから」

「そうだ。重代の家宝、太刀脇差《わきざし》を売り払ってしまえば、残るは妻や娘だ。武家の女が金で身体を売る。相手は誰とも知れぬ庶民だ。庶民の男に武家の女が蹂躙《じゆうりん》される。これは、武家への尊敬の念を薄れさせる」

「仰せのとおりでございまする」

大きく酒井雅楽頭が首肯《しゆこう》した。

「浪人が増えれば、いつまた慶安《けいあん》の変が起こらぬともかぎらぬ」

慶安四年（一六五一）、三代将軍家光が亡くなった直後に軍学者由井正雪らによって計画された謀叛《むほん》は、浅草の火薬庫を爆発させ、その混乱に乗じて江戸城を襲撃するのを軸に京や駿河《するが》でも同時挙兵するという大規模なもので、実現していればまちがいなく多大な被害がでたはずであった。幸い決起の直前、訴人によって発覚、ことは未然に防がれたが、巷《ちまた》に溢《あふ》れる浪人たちの不満の大きさを見せつけ、幕閣を震撼《しんかん》させた。

これは、家光が死んで家綱に代わったばかりという隙《すき》を狙ったものであった。家綱では天下は治められまいと由井正雪が判断したとも取れたことから、家綱の心に大きな傷を残した。

「というに、館林は甘いと、躬のことを非難しているそうだの」

「伊達を潰《つぶ》せる絶好機であったものを、と言われていたようでございまする。目の前のことだけに囚《とら》われ、一先を見ぬ。とても政をなせるお方ではございませぬ」

酒井雅楽頭も苦い顔をした。

「高田のこともそうだ。そうでなくとも越前松平には、初代秀康どのが弟であった秀忠さまに将軍をもっていかれたという恨みがある。その恨みが二代目越前松平忠直をして、無謀なまねをさせた」

大坂の陣での褒賞《ほうしょう》に不満を持った松平忠直は、幕府にあからさまな反抗をし、ついには流罪となった。さすがに家康の直系ということで、弟に家督《かとく》は許されたが、禄高《ろくだか》は減らされた。

「その恨みを呑《の》んでいる越前の孫、光長を潰してみよ。越前一族の妬《ねた》み、嫉《そね》みは一層《いっそう》根の深いものとなろう。京に近く、五摂家《ごせっけ》と縁組みを重ねている越前ぞ。いつ、朝廷と組んで倒幕の兵を挙げぬともかぎらぬ。家康公の嫡流《ちゃくりゅう》からすれば、向こうが上なのだ。そこに朝廷の後押しがあれば、外様《とざま》はもとより、譜代のなかにも揺らぐ者は出て来よう」

「はい」

家綱の説を酒井雅楽頭が支持した。

「それを、将軍に仇《あだ》なす一族を排除しておくべきだなどと……」

鋭い目つきで、家綱が吐き捨てた。

「あのていどの輩《やから》に、将軍の座を渡さねばならぬなど我慢できぬ」

「御上……」

「なぜ躬はそうせい侯などと言われているか。政は一人でできるものではない。能力ある執政衆が集まり、協議したならばそれが最上。それを将軍一人の思いつきで左右してみよ。天下泰平などあっという間に崩壊するわ」

家綱が断じた。

「将軍のするべきは、政を任せられるだけの執政を捜し出すだけ。あとは、余計な口出しをせず、選んだ者とときどき話をして、思う政の成果が違っていないかを確認するだけでいい。そう父が教えてくれた」

家光からの教えを家綱はしっかりと守った。

「父には松平伊豆守《いずのかみ》、阿部豊後守《ぶんごのかみ》がいた。祖父秀忠さまには土井大炊頭《おおいのかみ》がいた。そして躬には雅楽頭がいる。躬は将軍として幸せであった」

「畏《おそ》れ入りまする」

「ゆえに、弟にだけは将軍を任せられぬ。雅楽頭、なんとしてでも加賀に引き受けさせよ。外から来た将軍ならば、雅楽頭に遠慮し、下手に動こうとはすまい」

「お心遣《こころづか》いありがたく」

酒井雅楽頭が平伏した。

「躬の命が尽きるまでに、朗報を頼むぞ」

「お任せくださいませ」

家綱の言葉に、酒井雅楽頭がはっきりと首肯した。

二

酒井雅楽頭からの書状が、江戸城内留守居控えで前田家の留守居役五木へと手渡された。

「お預かりいたしまする」

すでに主君綱紀から話を聞いていた五木は、急いで屋敷へと戻った。

「おいっ」

「ああ。やはりな」

それを見ていた留守居控えの者たちも一気に騒がしくなった。

五木によってもたらされた書状を綱紀は恭《うやうや》しく開け、内容を確認した。

「……右筆」

綱紀が控えている右筆を手招きした。

「この書状をここで写せ。できた写しは、急ぎ国元へ足軽継《あしがるつぎ》で送れ」

「はっ」

右筆がただちに作業に入った。

「横山をこれへ」

綱紀が江戸筆頭家老人持《ひとも》ち組頭《くみがしら》横山玄位《はるたか》を呼び出した。

「殿……」

すぐに横山玄位が駆けつけてきた。

「読むがいい」

酒井雅楽頭から渡された原本を、綱紀は横山玄位へ手渡した。

「拝見つかまつりまする……これは……」

横山玄位が綱紀を見上げた。

「ご大老さまからの書状、すなわち御上のご意向でございまする。殿、ご決断を」

「最後まで読め。粗忽者《そこつもの》」

さして歳の離れていない横山玄位を綱紀が叱った。

「申しわけございませぬ」

あわてて横山玄位が、書状へ目を戻した。

「人持ち組頭全員の意思を一つにせよと」

横山玄位が目を剝《む》いた。

「うむ。すでに国元へ向けて雅楽頭さまの書状の写しを足軽継で出した。本多政長に任せれば、一日もかかるまい。往復に五日、署名に一日。六日後の夕刻には、江戸藩邸に着くはず」

綱紀が予定を口にした。

「お待ちくださいませ。今、前田直作《なおなり》どのが、出府の最中と聞き及んでおりまするが」

「ああ。明日か明後日《あさって》には着くだろう」

「…………」

横山玄位が沈黙した。

「……殿」

少しして横山玄位が決意したように顔をあげた。

「前田直作どのには……」

「刺客が出されているのだろう」

「……ご、ご存じで」

あっさりと言う綱紀に、横山玄位が息を呑んだ。

「知っているからこそ、江戸へ呼んだのだ。あのまま国元においていては、そう遠くない先に殺されるからな。どれだけ警固《けいご》を強くしても、どこかに隙《すき》ができる。そこを襲われれば、それまでだ」

綱紀が話した。

「江戸ならば、余も居れば、他家の目もある。さすがに前田直作を殺すことなどできまい。なに、そう長い話ではない。直作が江戸見物を終えるまでにはかたもつく」

「それでお呼びに」

「あの馬鹿一徹の血筋を絶やすわけにもいかぬしな」

「はあ」

横山玄位が間抜けな声を出した。

「なんでもないわ。国元より書状が戻れば、そなたにも名前を書いてもらわねばならぬ。本日より、屋敷に留まるよう」

綱紀が禁足を言い渡した。

「承知いたしましてございまする」

「あと、書付が無事返るまで、留守居役《るすいやく》どもも出すな」

「よろしゅうございますので」

留守居役の役目は、諸役人との折衝である。飯を喰《く》わせ、女を抱かせて、相手の機嫌を取り、賦役《ふえき》を免除あるいは減じてもらう。留守居役は外に出ることが役目であった。藩邸にくりつけてしまえば、留守居役の意味はなくなる。わずか数日の空白が、藩の財政に致命傷を与えかねなかった。

「大老の求めに応じているのだ。御上といえども、それ以上の無茶は言わぬさ。もし、この時期にお手伝い普請《ぶしん》など押しつけてみろ、雅楽頭さまの顔へ泥を塗ることになる。企《たくら》んだ役人がどうなるか、想像するまでもなかろう」

冷たく綱紀が言った。

「はい」

横山玄位が納得した。

「そういえば、当家を逐電《ちくでん》した留守居役小沢某《なにがし》の後をご存じでございましょうや」

「いいや。そういえば、そんなこともあったな」

「一昨日《おととい》、出入りの両替商能登屋《のとや》に参ったそうでございまする」

「能登屋にか。なにをしにだ」

怪訝《けげん》な顔を綱紀がした。

「藩の御用だと偽《いつわ》って金を借りようとしたようでございまする」

「愚かにもほどがあるな」

綱紀があきれた。

小沢がいなくなった翌日に、加賀藩から藩籍剝奪《はくだつ》の通知が、親戚筋の大名、旗本、出入りの商人などへ回されている。

「能登屋ならば、金を出さなかっただけではなく、小沢の行方《ゆくえ》の一つも聞き出したであろう」

能登屋はその名前のとおり、加賀藩領の出である。江戸へ出て両替商を興し、加賀藩御用達《ごようたし》となった。加賀藩とのかかわりは深く、形だけとはいえ苗字帯刀を許され、藩士としての身分ももっていた。店を興したのは先代であるが、当代も目先の利《き》いた男で、能登屋をより発展させていた。

「なにやら藩の御用で、京へ行くことになったと申していたそうでございまする」

「京へ。小沢に京屋敷勤務の経験はあるのか」

「それも含めて調べさせようと思いまする」

まだ若い横山玄位だが、江戸家老筆頭としてなすべきことはわかっていた。

「しかし、まずいな」

「どうかなされましたか」

「小沢よ。放置しておくわけにもいかぬ。通知を出せたところはいいが、当家とかかわりのないところまでは周知されぬ。加賀の名前でなにかしでかしては困る」

「たしかに仰《おお》せのとおりでございまする」

横山玄位もうなずいた。

「いかがいたしましょう。横目付《よこめつけ》に探索を命じましょうか」

「…………」

難しい顔で綱紀が黙った。

「横目付が慌《あわ》ただしくすれば、藩内でなにかあったと報《しら》せることになりかねぬ」

綱紀が懸念を口にした。

「誰が横目付かなど、世間にはわかりますまい」

横山玄位が首を振った。

「世間はな。だが、富山藩や大聖寺《だいしょうじ》藩はどうだ。ほとんどが親戚知人ぞ」

「……ううむう」

綱紀に指摘されて、横山玄位がうなった。

「この時期に藩内でなにかあったと知られるのは、まずい。ことが片付くまで、放置するしかない。念のため、もう一度小沢を放逐《ほうちく》したと、出入りの者どもへ報《しら》せておけ」

「わかりましてございまする」

横山玄位が下がった。

長年の横領、主家の秘密を漏《も》らした。二つ合わせての罰はまちがいなく死罪である。武士としての矜持《きょうじ》を認められ、家の存続は許される切腹ではなく、庶民同様、土《ど》壇《だん》に座らされ、首を打たれる。武士にとってこれ以上の恥辱《ちじょく》はなかった。

もと加賀藩留守居役肝煎《きもいり》小沢采女《うねめ》は、末路を覚《さと》って逃げた。身分も家族も捨てて、藩邸を脱走したのはよかったが、禄で生きて来た武家に自立は難しかった。

働かなくとも、毎年決まっただけの禄が支給されるのだ。百万石ともなれば留守居役の禄高も他藩とは一線を画し、千石取りも珍しくないため生活にも困らなかった。それが、いきなり無一文になった。

逃げ出すときに蓄えを持って出たとはいえ、さすがに置いて行かれる家族のことを考え、半分ほど残したため、それほどの金額にはならなかった。また、逃げ出した先が、つい先月に囲った女を住まわせていた妾宅《しょうたく》というのも悪かった。他人目《ひとめ》を気にしながら妾宅へ来て、狂ったように身体を求めた小沢を訝《いぶか》しんだ妾《めかけ》が、疲れ果てた小沢が寝ている間に姿を消した。それもある限りの金を持ってである。たちまち、小沢は金に困った。

無一文となった小沢は、危険を承知で顔見知りの商人を訪ね、金策を申しこんだが、すでに手が回っていた。

「まずい」

小沢の顔色が変わった。

百姓は田畑を耕し、職人はものを作り、商人は利を生み出す。庶民たちは、今持っている金をすべて失っても、明日の米を手に入れる術《すべ》を持っている。しかし、武家にはそれがなかった。

「刀を売るか」

金のなくなった武家がたどり着くところは持ちものを手放すことだ。刀は武士の魂などといったところで、空腹には勝てなかった。

それに太刀だけならば、さほど珍しいことではなかった。脇差《わきざし》だけを腰にした武家も多い。隠居した武家はほとんど、外出に太刀を帯びなくなる。小沢もまもなく五十歳である。隠居して家督《かとく》を譲っていてもおかしくはない。太刀を売るのに、ためらいはなかった。

「足下を見おって」

刀剣商を出た小沢が吐き捨てた。太刀は拵《こしら》えの代金まで入れて、八両にしかならなかった。

「拵えだけで十両はかかっているのだぞ」

黒の漆《うるしぬ》塗りの鞘《さや》に、銀象眼《ぎんぞうがん》の鍔《つば》、鮫皮《さめがわ》の柄に真田《さなだ》紐《ひも》を巻き付けた拵えは、どれも職人の技で、かなりの金がかかっていた。

「太刀も無銘ながら、京の作だというに」

紙入れの重さを確かめながら、小沢がぼやいた。

京には菊一文字と呼ばれる銘刀の流派があり、刀鍛冶《かたなかじ》も多かった。

「これは、小沢どのではございませんか」

「……誰だ」

追われている小沢が、後ろから声をかけられ、あわてて振り返った。

「ご無沙汰《ぶさた》をしております。多賀《たが》でございまする」

「多賀……御老中堀田備中守《びっちゅうのかみ》さまのお留守居役の……これはお見それをいたしました」

名乗りを聞いた小沢が腰を低くした。

「……どうかなされたのでござるかな。あまりお顔の色が優れぬようでござるが」

多賀が心配げな顔をした。

「いえ。少し疲れただけでございますれば」

小沢が否定した。

「さようか。それならばよろしいのでござるがな。いかがでござろう。少しおつきあいいただけませぬかな。ご無沙汰のご挨拶《あいさつ》代わりということで、一献《いっこん》参りたい」

うなずいて多賀が誘った。

留守居役の決まりで、酒食の代金はとくに定めがないかぎり、誘った側が持つこととなっていた。

「それは願ってもございませぬが、お忙しいのでは」

老中の留守居役である。それこそ、酒席の申しこみは山ほどあるはずであった。

「いえいえ。今日は暇でございましてな」

多賀が笑いながら首を振った。

「吉原《よしわら》で、小沢どのの行きつけは、どちらでございましたかな」

「……山本屋《やまもとや》でございまする」

もう顔を出すことはできない。小沢が苦い口調で答えた。

「さようでございますか。では、申しわけございませんが、今日はわたくしの馴染《なじ》み、西田屋《にしだや》へおつきあいをいただきましょう。そこの河岸《かし》から船で日本堤《にほんづつみ》まで参れば、吉原はすぐでございまする」

多賀が先に立って案内した。

大川には、多くの小舟船頭が客待ちをしていた。対岸への渡しや吉原までの船客を運び、金をもらう。とくに吉原へ向かう客は、機嫌がよく、船賃以外に酒手をはずむ。多賀と小沢は上客であった。

「船頭、吉原通いじゃ。急いでくれ。早ければ早いほど、酒手ははずむ」

「へい。お任せを。この大川端で、あっしにかなう奴はおりやせん。その代わり、少し揺れやすので、しっかり縁を摑《つか》んでいてくださいよ」

酒手に釣られた船頭が、腕によりを掛けて櫓《ろ》を漕《こ》いだ。

「おまちどおさまで」

船はあっという間に日本堤に着いた。

「ご苦労だった。これは船賃と酒手だ」

多めに多賀は小粒を渡した。

「ありがとうございまする」

船頭が喜んだ。

「さあ、小沢どの、あと少しでござるぞ」

さっさと船を上がった多賀が歩き出した。

日本堤から左に折れて、五十間道を進めば、吉原の大門《おおもん》が正面に見えてくる。二人は道の左右に並ぶ編み笠茶屋を素通りして、大門へと向かった。

編み笠茶屋はその名前の通り、吉原通いを知られたくない身分ある武家や僧侶などの顔を隠すための編み笠を貸し出すところだ。足首まである長い暖簾《のれん》が特徴で、外からなかを覗《のぞ》くことはできなくなっている。留守居役は役目で吉原へ来ているとの建前がある。顔を隠さなくてもよいため、小沢も利用したことはなかった。

「こちらで」

大門を入って仲之町通りを少し進み、最初の角を右へ折れたところに、西田屋はあった。

徳川家康に江戸の遊郭の惣名主《そうなぬし》役を命じられたという西田屋は初代庄司甚内《しょうじじんない》を創始とする屈指の名店であった。もっとも、昨今は三浦屋や卍屋《まんじや》などに押され、見世《みせ》の規模も小さくなったが、その格は高い。

「これは多賀さま」

見世前で客引きをしていた若い男がすぐに気づいた。

「大切なお客さまをお連れした。急ぎ、よい揚屋《あげや》を用意させてくれ」

多賀が命じた。

「へい。では、少しこちらでお待ちを」

若い男が二人を西田屋の一階座敷へ案内した。

吉原で、あるていど以上の妓《おんな》と遊ぶには見世ではなく、貸座敷へ呼ばなければならなかった。これは、生活感のある舞台裏ともいうべき妓の部屋を見せるのを避け、少しでも女の値打ちを高く見せるためであった。

「京町《きょうまち》二丁目の井筒屋《いづつや》の二階でよろしゅうございますか」

待つほどもなく、若い衆が戻って来た。

「よく空いていたな」

多賀が少し目を大きくした。

京町二丁目の井筒屋といえば、吉原で一といって二とない貸座敷、通称揚屋であった。常連客も大名や高級旗本、江戸で知れた豪商とそうそうたるものだ。しかも仲之町通りを見下ろせる二階である。当日で押さえられる部屋ではなかった。

「そこは、西田屋でございまする」

その辺の見世とは違うと若い男が胸を張った。

「さすがよな。取っておけ」

多賀が懐《ふところ》から金を出して、若い衆へくれてやった。

「ありがとう存じまする。さあ、どうぞ」

喜んで若い男が井筒屋へ二人を連れて行った。

「多賀さまは、桐葉《きりのは》さんで……そちらさまは」

井筒屋の座敷まで同行した西田屋の若い衆が訊《き》いた。

「山本屋さんのお馴染《なじ》みだ。負けない妓をな」

「お任せを。では、あっしはこれで」

案内を終えた西田屋の若い衆が出ていった。

「酒と膳をな。中身はまかせる。そのあとは、妓が来るまで近づかないように」

座敷の外、廊下で控えていた井筒屋の若い衆に、多賀が他人払《ひとばら》いを命じた。

「さて、小沢どの」

用意された膳を前に、多賀が口を開いた。

「ご事情をお聞かせ願いましょう」

多賀が問うた。

「……ご存じで」

「正式に加賀から報せがあったわけではございませぬが、わたくしにもいろいろと伝《つ》手《て》がございますので」

「それでよく、わたくしに声をおかけになられましたな」

知られていてはしかたがない。小沢が開き直った。

「加賀どのの留守居役でなければ、知らぬ顔をいたしますな」

「……なるほど。わたくしから聞きたいことがあると」

留守居役である。腹の探り合いはお手のものである。

「おわかりいただければ簡単でござる。いかがか」

「宴席一回だけでは、ちと」

手にしている情報をどれだけ高く売りつけるかも、留守居役の技能であった。小沢が渋った。

「二十両出しましょう」

「……二十両」

多賀の提示に小沢が揺らいだ。

一両あれば、余裕で一ヵ月生活できた。さすがに吉原で遊んだり、妾《めかけ》を囲うわけにはいかないが、しもた屋を借りて、一人生活するぶんには困らない。

「わかり申した。で、なにをお訊きになりたい」

「では、加賀さまを上様のご養子とするというお話は、真実《まこと》でござるか」

「真実でござる。城内で酒井雅楽頭さまより、わたくしがお話を受けて参りました」

小沢が答えた。

「加賀さまのご返答は」

「今のところ、決定したという話はございませぬ」

問われた小沢が首を振った。

「どうでござろう、加賀さまはこのお話お受けになられましょうや」

「わかりませぬ。国元の意見を求められてはおられましたが」

「国元の意見は」

「反対がほとんど。人持ち組頭七人のうち賛成を表しているのは、国元の前田直作どのお一人だけ。江戸筆頭家老の横山さまがどうかというところでしょう」

「ふむ。他にご存じのことは」

「国元で、前田直作どのが殿を売る者として襲撃されたそうで、殿より出府するようにと召喚状が出されましたな」

小沢が述べた。

「それはいつのお話で」

「拙者《せっしゃ》が出奔《しゅっぽん》する前でござるゆえ、そろそろ八日ほどになりましょうか」

思い出すかのように小沢が述べた。

「……今、藩邸で連絡の取れるお方はおられるか」

「ございませぬ」

藩邸に近づけば、捕まるのは見えている。小沢は否定した。

「これは訊きようが悪かったようでございまする。顔を合わせれば、藩邸の様子を聞き出せる相手はおありか」

「………」

少し思案した小沢がうなずいた。

「何人か、貸しのある者がおりまする」

「お願いいたしたい」

より最新の情報を多賀は求めた。

「御免《ごめん》こうむろう」

小沢が拒《こば》んだ。

「金ならば、もう十両足しましょう」

多賀が増額を申し出た。

「わたくしが藩邸近くに、いや、江戸にいると教えることになりまする。いや、呼び出された者に横目付の目がついていたら、その場で終わりでござる」

「ふむうう」

言われてみればそのとおりであった。多賀がうなった。

「どういたせばよろしいかな」

「加賀が手出しできぬようにお願いしたい」

小沢が希望を述べた。

「手出しできぬようにでござるか……」

少し多賀が悩んだ。

「一言、備中守さまから綱紀公へお話しいただくとか」

老中から言われれば、さすがに表だって小沢を追うわけにはいかなくなる。小沢が希望を口にした。

「殿にお許しを得なければなりませぬが……」

多賀が一度言葉をきった。

「それはそうでございますな」

家臣の独断で返答できるものではないと小沢もうなずいた。

「堀田家に随身《ずいしん》なさいませぬか」

しかし、多賀は予想外のことを言った。

「……え」

留守居役として長年人とやり合ってきた小沢が、一瞬飲みこめなかった。

「仕官なさらぬかと申しあげておりまする」

「……拾ってくださると」

二度言われてようやく小沢は理解した。

「はい。もっともこれは、加賀宰相さまが、五代将軍になられないという条件付でございまするが。いかに老中の家中とはいえ、将軍家のご機嫌を損ねた者を抱えるわけには参りませぬので」

「当然でござるな」

条件に小沢は納得した。

老中、大老といえども将軍にとってみれば、家臣でしかない。気に入らなければ、いつでも罷免《ひめん》できるし、潰すことも問題ない。事実、思うところありて罷免、あるいはゆえあるによって絶家と、理由らしきものなくして処罰を受けた大名旗本もかなりある。綱紀が将軍となった場合、家中に小沢を抱えるのは、あまりに危険であった。

「後日、結果をお伝えいたす。今のお住まいはどちらか」

「茅場町《かやばちょう》でござる。伊勢屋《いせや》という米問屋の角を入って、最初の辻《つじ》を左へ曲がった二軒目で、もと仕立て屋であったところと訊いていただければ、すぐにわかりまする」

小沢が住まいを教えた。

「承った。明日中にはご返事できましょう。畏れ入るが、しばらくはめだたぬよう西田屋にいていただこう」

「お約束いたす」

多賀の要求に小沢がうなずいた。

「小沢どの。貴殿の貸しのある者、どなたかの」

「……江戸家老の坂田どのと同じ留守居役の五木には、何度かお金をつごうしたことがござる」

「それは好都合でござる。どうでござろう、坂田どのとお会いできるように連絡《つなぎ》をとってはいただけまいか」

「仕官のお話はまちがいございませぬな」

「誓って」

小沢の確認に、多賀が胸を叩《たた》いた。

「書状を認《したた》めまする。それでよろしいか。届けに行くのは御免こうむりたい」

「けっこうでござる。届けるのは、ここの若い者にでもさせましょう」

嫌がる小沢に多賀が告げた。吉原を贔屓《ひいき》にする武家は多い。吉原での遊びは度をこえなければ問題ないのだ。吉原の見世から手紙が来るのは、さほど珍しいことではなかった。

「では、明日、寛永寺《かんえいじ》前の茶店相模《さがみ》で昼八つ（午後二時ごろ）にお待ちしていると、坂田どのに。それとは別に五木どのとも連絡をお取りいただきたい。なに、貴殿が江戸にいるとだけ教えるていどでけっこう」

部屋の隅に用意されていた文机《ふづくえ》から、多賀が紙と筆を取り出した。

「…………」

無言で小沢が筆を走らせた。

「では、そろそろ楽しむといたしましょうか」

小沢が書いた書状を受け取った多賀が手を叩いた。

「はあい」

女の返答がし、あでやかな衣装に身を包んだ妓が入ってきた。

三

足軽継《あしがるつぎ》は家中でも健脚が選ばれた。江戸と金沢の間をわずか二昼夜で駆け抜ける。もちろん、一人でできることではない。足軽継は、万一に備えて二人一組で出た。

人というのは、一刻で八里（約三十二キロメートル）弱を駆け抜けられた。この勘定でいくと、江戸と金沢をおよそ十五刻（およそ三十時間）でいけることになる。もちろん、ずっと最高速度を出し続けることなどできるはずもなく、およそその半分の速度を維持して進む。それでも疲れからの速度低下は避けられない。途中には川もあり、峠もある。足軽継は、決められた宿場で待機している同僚と交代することで、金沢まで昼夜を問わず駆け続けた。江戸を出た足軽継は追分《おいわけ》の宿に常駐《じょうちゅう》している足軽継のもとまでを担当した。

「次郎右衛門《じろうえもん》」

「なんだ、嘉助《かすけ》」

江戸藩邸を出た足軽継は、駆けながら話をしていた。

「気づいているか」

「ああ。つけてくるな」

江戸の城下では加賀といえども遠慮しなければならない。足軽継も目立たぬよう全力を出して走るのは避けていた。全力で走っていれば、不意に辻《つじ》から人が出てきたときなどの対応が間に合わないからだ。こちらは公用旅、相手は町人。金沢ならば、そのまま打ち棄てたところでなんの問題にもならないが、江戸では違った。相手は将軍の民なのだ。どこで苦情が来るかわからないため、江戸城下を離れるまで、足軽継は速度を落とすのが決まりであった。

「江戸を出れば、力の限り駆ける。我らについてこられるはずもなし。気にせずともよかろう」

嘉助が言った。

「だな。よし、板橋《いたばし》の宿場だ。行くぞ。遅れるな」

「誰に言っている。次郎右衛門こそ」

二人が足に力をこめた。

「嘉助」

二刻（約四時間）ほど駆けたところで、次郎右衛門の顔色が変わった。

「…………」

無言で嘉助も動揺を見せていた。

「ついてきているぞ」

「我らについてこられるなど、ありえぬ」

二人は顔を見合わせた。

「いたしかたなし。嘉助、あと半刻（約一時間）いけるか」

「半刻どころか一刻でも大事ない」

嘉助がうなずいた。

「では、全力を出す。周囲に注意を」

「言うまでもない」

次郎右衛門の合図で二人が全力で走り出した。

「馬鹿な……」

「まさか」

小半刻《こはんとき》（約三十分）ほどで、二人は唖然《あぜん》としていた。

「離せないなど」

「認めろ、次郎右衛門。あれは足軽継だ」

信じられないという次郎右衛門へ、嘉助が述べた。

「誰だ」

「目深《まぶか》に笠をかぶっている。顔は見えぬ。身形《みなり》では、見分けがつかぬ」

次郎右衛門の問いに、嘉助が首を振った。

「どうする。捕まえるか」

嘉助が訊いた。

足軽継は、夜中も駆け続けた。山中や人里離れたところで、野盗、狼、熊に襲われることもある。そのため、一通りの武芸を身につけていた。

「いや、決めに反する」

次郎右衛門が首を振った。

「足軽継の使命は、書状を決められた刻限までに金沢へ届けること。我らの仕事は、滞《とどこお》りなく追分宿に在している交代へ、明日の夜明け前に届けることだ。余計なことに携《たずさ》わっている暇はない」

「……わかった」

少し不満げな顔ながら、嘉助が首肯《しゆこう》した。

「襲い来る気配はない」

ずっと一定の間合いをとり続けている後ろを気にしながら、二人は走り続けた。

「おい、嘉助。前を」

「どうした」

嘉助が前を見た。

「武家が集まっている。見たことのある顔がいるぞ」

「ああ。あれは国元にいるはずの連中ではないか。誰かを待ち構えているような」

次郎右衛門が難しい顔をした。

「我らの先を邪魔することはないと思うが……」

足軽継は、藩主御用である。その行く手を遮《さえぎ》れば、ただではすまなかった。

「…………」

途中で家老と出会おうが、職務にある足軽継は礼をしなくてよかった。無言で次郎右衛門と嘉助は、武家の固まりの横を駆け抜けようとした。

「ご一同、その足軽継を通させるな。国元へ酒井雅楽頭さまの書状を運んでおりまする」

後ろをつけてきていた者が大声をあげた。

「なっ」

「まずい」

二人は顔色を変えた。

「待て、足軽」

武家が制止をかけた。

「定番頭《じょうばんがしら》の猪野《いの》である。状箱をあらためる」

猪野が前を遮ろうとした。

「公用中でござる。ご覚悟はござろうな」

次郎右衛門が厳しい声で言った。

「うっ」

藩命は重い。一瞬猪野が気圧《けお》された。

「御為派《おためは》の山崎《やまさき》でござる。その状を国元へ届けさせてはなりませぬ。江戸家老坂田さまのご命《めい》でございまする」

駆け寄りながら山崎が名乗り、捕まえなければならないと強調した。

「坂田さまのご指示か。ならば……」

聞いた猪野が目を次郎右衛門たちへ戻した。

「捕らえろ」

猪野が二人を指さした。

「くっ、嘉助」

「走るぞ」

二人が一層《いっそう》足に力を入れた。

足軽継を通すため、横に避けていた御為派の家臣たちが、街道を塞《ふさ》ぐように拡がった。

「あと少しだったものを」

嘉助が苦い顔をした。

「嘉助、任せた。お主のほうが足は早い」

次郎右衛門が背にしていた状箱を嘉助へ投げた。

「何をする気だ」

脇差を抜いた次郎右衛門に、嘉助が息を呑んだ。

「一人通れるだけの穴を空ける。後も追わせぬ。その代わり、頼んだ。状が届かぬとあっては、足軽継全体の恥である」

次郎右衛門が前に出た。

「足軽風情が生意気な」

正面の藩士が、捕まえようと拡げていた手を戻し、太刀の柄へ手をかけた。

「遅いわ」

一気に加速した次郎右衛門が、脇差を薙《な》いだ。

薙ぎは広い範囲を支配する。上段や下段が、わずか一寸ほどの幅でしかないのに、比べて薙ぎは水平の範疇《はんちゅう》において、刃渡りに腕の長さを加えただけの間合いの敵を排除できる。

「わっ」

次郎右衛門の勢いに、藩士が慌てて避けた。

「行けっ、嘉助」

次郎右衛門が、逃げた藩士の後を追うように動き、嘉助の道を空けた。

「すまん」

詫びながら、嘉助が走り抜けた。

「待て」

猪野が制止の声をあげた。が、嘉助は振り向かず走っていた。

「追え。逃がすな」

大声で猪野が告げた。

「おう」

慌てて藩士たちが、嘉助の後を追おうとした。

「させるか」

藩士たちの包囲を抜けた次郎右衛門が、振り返って脇差を振り回した。

「こいつ」

「邪魔だてするな」

刃《やいば》の届かないところで足を止めた藩士たちが、口々に次郎右衛門を怒鳴《どな》りつけた。

「…………」

応じず、次郎右衛門は脇差を振るい続けた。

街道の幅は三間（約五・四メートル）しかない。中央に立てば、数歩踏み出すだけで、左右どちらの街道隅近くまで、刃が届く。一人が犠牲になっている隙《すき》に、反対側を抜けることはできるが、誰も生け贄《にえ》に名乗りでなかった。

当たり前である。御為派などと義を口にしているが、その根底にあるのは利なのだ。もちろん、藩主を幕府に差し出すなど論外という純粋な怒りがあるのは確かである。だが、その奥にあるのは、出世を願う欲であった。

勝ち組に乗り、加増あるいは出世などをもらう。そのためには生き残らなければならない。死んでしまえば、それまでなのだ。まして、いかに要《い》りような犠牲とはいえ、足軽ごときに斬られたとなれば、恥である。

誰もが二の足を踏んだのも無理なかった。

「ええ、情けない。政岡」

業を煮やした猪野が、呼び声をあげた。

少し離れた茶店から、ゆっくりと政岡が出てきた。

「面倒だな」

ぼやきながら、政岡が次郎右衛門へ近づいた。

「……つっ」

政岡の殺気に次郎右衛門の顔色が変わった。

「役目に忠実なところは、褒めてやるぞ。足軽とはこうあるべきだな。乱世でも足軽は命《めい》一つで敵と対峙《たいじ》させられた。恐怖心があっては、つとまらぬ。おぬしは、いい足軽だった」

過去形で政岡が言った。

「名前を訊いておこう」

「足軽継二番組、芦田《あしだ》次郎右衛門」

次郎右衛門が名を告げた。

「覚えておく」

さっと間合いを詰めた政岡が太刀を振った。

「あくっ」

避けようと身体をひねった次郎右衛門だったが、政岡の太刀行きには勝てなかった。肩から胴まで斜めに裂かれて、次郎右衛門が死んだ。

「さすがだ」

猪野が政岡を褒めた。

「なにをしている。さっさと追わぬか」

続けて藩士たちを叱った。

「もう、間に合いませぬ。本気を出した足軽継に追いつけるのは、馬か足軽継だけでござる」

山崎が首を振った。

「ならば、おまえがいけ」

「これだけ離されては、無理でございまする」

すでに嘉助の背中は見えなくなっていた。

「問屋場で馬を借りよ。三人いればよかろう。行き先はわかっているのだ。馬術の得意なのは誰だ」

「大塚《おおつか》、佐野《さの》、田野井《たのい》が大坪流《おおつぼりゅう》の名手でござる」

藩士が言った。

「行け」

「承った」

「お任せあれ」

命じられて、三人が問屋場へと駆けていった。

「よいのかの、猪野どの」

見送って政岡が口を出した。

「なにがだ」

猪野が問うた。

「前田直作たちと出会うのではないか」

「……その前に追いつけよう」

「人の願いというのは、つごうのよいものほど、かなわぬものでございますぞ」

希望にすがるべきではないと、政岡が首を振った。

「全員、出立《しゅったつ》の用意を。こちらから迎えに行くぞ」

猪野が、手を振った。

鴻巣《こうのす》の宿《しゅく》を出て、桶川《おけがわ》、上尾《あげお》を過ぎた数馬たちは、大宮《おおみや》の宿の手前で駆けてくる嘉助を見つけた。

「足軽継のようでございまする」

先頭に立っていた前田直作の家士頭《がしら》生田が報告した。

「……足軽継だと」

前田直作が怪訝《けげん》な顔をした。

足軽継は、藩の御用、それもかなり重要な用件でなければ使用されない。

「一人でございまする」

続いて生田が言った。

「ありえん。足軽継は、二人組のはずだ。止めよ」

異常を感じた前田直作が命じた。

「止まれ。こちらは前田直作の一行である」

少し前に出た生田が両手を拡げ、大声で正体を明かした。

「……前田さま」

必死で駆けていた嘉助が足を止めた。

「前田直作である。そなた足軽継であるな。国元へか」

行列のなかほどから進み出た前田直作が質問した。

「はい。本多政長さまへ、殿よりの書状でございまする」

問われた嘉助がうなずいた。

「一人とはみょうである。もう一人はどうした」

「先ほど、蕨《わらび》の宿を出たところで、襲撃されまして、相方はわたくしを先に行かせるために残りましてございまする」

訊かれた嘉助が答えた。

「足軽継襲撃……野盗か」

「いいえ。加賀藩の者でございました。御為派と名乗っておりました」

悔《くや》しそうに嘉助が頬《ほお》をゆがめた。

「御為派。そなた、書状の内容を知っておるか」

「酒井雅楽頭さまよりのものとだけ。かならず金沢へ届け、即日折り返してくるようにと」

「前田どの」

嘉助の話を聞いた数馬は、前田直作の顔を見た。

「催促《さいそく》のようだな」

前田直作も、書状の中身を理解した。

「しかし、足軽継は、藩主御用である。それを襲うなど、謀叛に近い」

大きく前田直作が息を吐《つ》いた。

「殿、騎馬が参りまする。……二つ、三騎」

生田がふたたび報告した。

「追っ手」

嘉助の顔色が変わった。

「石動《いするぎ》、右を任せる」

「承知」

家士に指示を出して、数馬は前へ出た。石動と二人並べば、街道は封鎖できた。

「前田直作一行か。突き抜けるぞ」

二人を見つけた先頭を行く騎乗の藩士が叫んだ。

「おう」

「押しつぶしてやる」

続いていた二騎が同意した。

戦場で騎馬兵が威力を発揮できるのは、なんといっても巨大な馬体を有しているためであった。人の数倍の体重を持つ馬が全力でぶつかってくれば、人などひとたまりもなかった。

「殿、正面でお受けになられるな。馬は大きいため、間合いを勘違いいたし易《やす》うござる。横から乗っている者の足を狙われますよう」

石動が助言をした。

「わかった」

家士とはいえ、石動は数馬より二十歳近く歳上である。数馬は素直に従って、右半身になった。

「死ねえええ」

馬が突っこんできた。

「えいっ」

最初の突出した一騎には、石動が対応した。石動は身体を回すように開きながら、太刀で騎乗している藩士の左足を腿《もも》の位置で断った。

「ぎゃあああぁ」

すさまじい絶叫とともに、馬上から藩士が転がり落ちた。

「田野井」

「…………」

後に続いた二騎が息を呑んだ。

「おのれっ」

一瞬のちには、怒気で顔色を赤くした騎乗の藩士が、一層足を速めて近づいてきた。

「……迫力だな」

迫り来る馬体に、数馬は圧倒されながら、石動の助言に従って、太刀を構えた。

「一拍遅めに……」

馬上の敵との戦いは初めてである。初めての戦いは、恐怖と勝たなければという焦《あせ》りで、どうしても早めに太刀を動かしてしまう。

勢いづいている馬上の敵の寸前で空振りしてしまえば、体勢を整える間もなく撥《は》ね飛ばされる。もし、馬に踏みつけられでもすれば、致命傷となりかねない。数馬は逸《はや》る気持ちを抑え、滑るように太刀を出した。

「あつっ」

数馬の太刀は大塚の右足臑《すね》を断った。骨を断ちきるほどの力をこめていなかったが、臑は人体でもっとも痛みを感じる部位の一つである。

苦鳴《も》を漏らして大塚が手綱《たづな》を離した。制御を失った馬が、棒立ちになった。

「わあああ」

手綱を持っていなかった大塚はあっけなく落馬した。

「動くな」

大塚が立ちあがる前に、数馬は間合いを詰め、その首に切っ先を模《ぎ》した。

「…………」

頭を打った大塚が立ちあがろうとして、座りこんだ。

「次に動けば、斬る」

数馬は宣した。

「すんだか」

前田直作が近づいてきた。

すでにもう一騎は、石動によって馬ごと倒されていた。

「そなた大塚源悟《げんご》だな」

「……うっ」

名前を呼ばれた大塚が顔を伏せた。

「大坪流馬術の名手が、落馬か。無様だな」

「なにっ」

嘲笑《ちょうしょう》を受けた大塚が顔をあげた。

「まちがったことを言ったか」

氷のような眼差《まなざ》しで、前田直作が大塚を睨《にら》んだ。

「もう一人の足軽継はどうした」

「我らの邪魔をした者は、除《の》けられて当然だ」

問うた前田直作へ、大塚が応じた。

「足軽継は、殿のご命で国元へ向かっていた。きさまらは、殿に逆らったのだぞ」

「藩を、家臣を見捨て、己だけ栄達《えいたつ》しようなどというお方を主君とは思わぬ。我らは、数多い皆の代表として、殿の横暴を阻止する義務がある」

大塚が虚勢を張った。

「愚かな」

前田直作があきれた。

「もう世は、君君《きみきみ》たらざれば臣臣《しんしん》たらずではない。君君たらざれども臣臣たりなのだ。幕府がそう決めた。それが世の秩序である。そなたのしたことは、叛逆《はんぎやく》でしかない」

「…………」

言われた大塚が沈黙した。

「瀬能さま」

少し引いたところで、前田直作と大塚のやりとりを見ていた数馬に、林彦之進が近づいてきた。

「どうした」

「いつまでも足軽継を止めておくわけには参りませぬぞ」

「たしかにそうだな」

数馬は前田直作へ、進言するために歩み始めた。

「お待ちあれ。足軽継はかなり無理をしている様子。このまま行かせては、十分な速さは出せますまい」

「……息が荒い」

林の言葉を受けて足軽継を確認した数馬は目を見張った。

「どうすればいい。そうだ、あやつらの乗ってきた馬を……」

「足軽に馬は扱えませぬ」

数馬の案に林が首を振った。

「では、馬に乗れる者を代わりとすればよい。状箱を預かり、追分の宿まで行かせれば……」

「あの者を死なせるおつもりでございますか」

林の声が固くなった。

「足軽継は、なにがあっても書状を自ら届けなければなりませぬ。それを代理させては、足軽継の意義がなくなりましょう」

「うっ」

「なにより、あの者を生かすために、死んだもう一人の足軽継の想いを無視することになりますぞ」

思慮が足りないと、林が数馬を叱った。

「ではどうすればよいのだ」

数馬は問うた。

「あの者が走れないのならば、運んでやればよろしいので」

「馬は駄目なのであろう……いや、運んでやる」

林の言いかたに数馬は引っかかった。

「駕籠《かご》か」

「はい。それも四つ手引きを用意してやれば、足軽継と変わらぬ速さで行けましょう」

林が首肯した。

四つ手引きとは、一つの駕籠を四人で運ぶことである。前棒、後棒を担《かつ》ぐ二人の他に、前棒の先に結わえた晒《さらし》を持って引っ張る人足が二人加わる。二人引きに比べて、人足の日当分だけ高くなるが、そのぶん早くなる。また、晒を引く者と担ぎ手を途中で交代させれば、疲労も軽くなり、速度の低下も避けられた。

「手配を頼む。拙者は、前田どのに話をしてくる」

「承知いたしましてございまする。少し戻りますが、上尾の宿で仕立てればよろしいかと」

数馬の依頼に林が述べた。

「任せる」

そう言って数馬は前田直作へ声をかけた。

「前田どの、いつまでもそやつの相手などしておられませぬ。足軽継を……」

数馬は駕籠の話をした。

「よくぞ、気がついてくれた、瀬能」

前田直作が手を打った。

「我らも、ここで足踏みしているわけにはいかぬ」

「こやつをどういたしましょう」

大塚を数馬は見た。

「御為派は、何人来ておる。どこで待ち伏せておる。江戸で主だった者のなかで御為派に属しているのは誰じゃ」

「言うわけなかろう。武士は仲間を売らぬ」

鼻先で大塚が笑った。

「そうか。ならば、そなたは用済みだな」

酷薄な表情を前田直作が浮かべた。

「……な、なにをする気だ」

大塚の声が震えた。

「生かしておけば、また我らの邪魔をするのだろう」

「当たり前だ。正義は我らにある」

「ならば、手立ては一つしかあるまい」

前田直作が冷たく言った。

「殺す気か」

「生かしてもらえると思っているほうが不思議だ」

泣きそうな顔をした大塚へ、前田直作が告げた。

「生田」

「はっ」

呼ばれて生田が前へ出た。

「……やれ」

目配せをして前田直作が命じた。

「はっ」

生田が太刀を抜いて、いきなり大塚を撃った。

「げへっ」

首筋を撃たれた大塚が倒れた。

「峰打ちでございますか」

数馬は生田の太刀が、大塚に当たる瞬間、刃《やいば》を返したのを見逃さなかった。

「今さら小者一人殺してどうなる。どうせ、吾《われ》が江戸藩邸に入り、殿と会えばそれまでなのだ」

前田直作が述べた。

「このまま放置しておくわけにはいきますまい」

気絶しているだけなのだ。いつ起きるかわからない。そして起きた大塚がどのような動きをするかは予想できなかった。

「縛《しば》りあげておけ。あと欠け落ち者とでも書いた紙を胸に貼り付けて、街道を離れたところへ放置しろ」

生田へ前田直作が指示した。

「なるほど、欠け落ち者ならば、誰も手助けいたしませぬな」

数馬は感心した。

武家の欠け落ち者は、奉公を嫌がって逃げた肚《はら》なしと見られ、少なくとも侍の同情はもらえない。また、武家の家中の面倒ごとに巻きこまれたくない庶民たちは見て見ぬ振りをするのがお定まりであった。

「さて、足軽継の後を騎馬とはいえ追いかけてきたのだ。さほど遠くないところに、敵は居るぞ」

「さようでございますな」

数馬も同意見であった。

「ここが切所《せっしょ》だ。江戸に入れば、もう我らに手出しはできぬ。一同、最後の戦いである。励め」

前田直作が一同の気を引き締めた。

第五章　血の意味

一

足軽継《あしがるつぎ》の嘉助とその援助をする林彦之進を残して前進した前田直作《なおなり》一行は、大宮《おおみや》の宿《しゅく》手前で不審な男を見つけた。

「…………」

街道を一心に走ってきた男が前田直作たちを見かけた瞬間に、振り向いて逃げ出したのだ。

「……疾《はや》い」

あっという間に見えなくなった男に、数馬は目を剝《む》いた。

「人とは思えぬ走り……あれも足軽継であろう」

前田直作が言った。

「嘉助の言っていた、残った足軽継ではなさそうでございますな。どうやら敵についた足軽継もいるようで」

「安心した」

述べた数馬に、前田直作が息を吐《つ》いた。

「あれをその足軽継ではないかと言いだし、大事ないと追いかけて行こうとしたならば、どうしようかと思ったわ」

「わたくしはそこまで愚かでございますか」

数馬は少し気分を害した。

「悪いが、おぬしをどう評価してよいか、わからぬのだ」

前田直作が本音を口にした。

「今回、殿から一人同行させよと言われて、なぜ儂《わし》が瀬能を選んだかわかるか」

「二度ほどお目にかかっていたからでは」

さすがに命を救ってやったからだと言うわけにはいかず、顔見知りと数馬は答えた。

「会った数だけでいくなら、瀬能よりはるかに多い者など、いくらでもいるぞ」

まちがっていると前田直作が首を振った。

「剣が遣《つか》える」

「それも違う。剣術の腕だけならば、瀬能よりできる者もいる」

ふたたび前田直作が否定した。

「わからぬか。思い出してみろ、儂と瀬能は二度しか会っていない。一度目は曲者《くせもの》を剣で打ち払ってくれた。では、二度目はどうであった」

「二度目……組頭《くみがしら》どののお屋敷を訪ねられたときでございますな」

数馬は思い出そうとした。

国元の重臣でただ一人、前田綱紀《つなのり》の将軍家養子行きを勧めていたのが前田直作であった。

藩主一門、それも祖としてもっとも尊敬される前田利家の直系である前田直作の立場は重い。ときと場合によっては、筆頭藩老である本多政長を上回るときもある。とはいえ、たった一人で賛成の声を出しても意味はなかった。やはり数の多いほうが勝つ。そこで前田直作は日夜ときを惜しんで、藩の重職たちを説得して回っていた。その日、前田直作は組頭の一人を説得に出て、刺客の待ち伏せにあった。

それを助けたのも数馬であった。前もって前田直作の用人から頼まれ、後を付けていたお陰で被害を出さずにすませた。

「はああ」

数馬は曖昧《あいまい》な返答をした。意味がわからなかった。

「わからぬか、あのとき、お主は我が家臣二人が斬られそうになっていたのを、力ではなく、交渉で助けてくれたであろう」

「……ああ」

ようやく数馬は思い出した。

前田直作が組頭の屋敷に入って説得している間、供してきた家臣二人はその門前で待機していた。その家臣二人に、城下巡回を口実にした御為派《おためは》が襲いかかった。数で圧倒された家臣二人はあっという間に不利な状態になり、風前の灯火《ともしび》となった。それを数馬は、話だけで解放させた。

「屋敷のなかから一部始終を見て、儂は思ったのだ。なかなか難しいことを易々《やすやす》とやってみせた。それも殺気だった者たちを冷静にしてな。あれを見たとき、儂は得難《えがた》い人材だと思ったのだ」

「あれはいたしかたなかったからでござる。力業《ちからわざ》で立ち向かって、勝てる自信はござった。なれど、どうしても捕まえられている一人は助けられない」

そこまで言って、数馬は力なく笑った。

「見捨てるだけの肚《はら》がなかったのでござる」

「……見捨てる肚か」

前田直作も頬《ほお》をゆがめた。

「天下泰平の世ではありえぬ話だがな。もし、戦《いくさ》となったとき、儂は加賀の一軍を率いることになる」

「はい」

人持ち組頭七人は、戦のときの侍大将も兼ねている。前田直作も己《おのれ》の家臣だけでなく、大勢の加賀藩士を率いて出陣しなければならない。

「のう、瀬能。大将とは、戦をどうすればいい」

「勝てばよろしいのでは」

「最後はそこに行くが、大将というのはな、勝つことよりもいかに犠牲を少なく、戦を終えるかを考えなければならないのだ。勝つことにこだわり、傘下《さんか》の将兵をすり減らしては駄目なのだ。勝利を手にした瞬間、敗北が始まる。戦力を失い、がたがたになったのを見逃してくれる敵などない。かならず、近隣から襲われ、抵抗できず滅びることになる」

「……たしかに」

数馬はうなずいた。

前の敵を滅ぼすのに必死になり、後ろを留守にしてしまえば、漁夫の利を持って行かれるだけである。

「負けず、犠牲を最小限にする。それが大将の仕事。だが、これは裏返せば、犠牲を出すことが前提なのだ。一例をあげれば、本軍を守るために、前衛を盾《たて》にするなどだな。わかるか。将というのは、兵に死ねと命じなければならぬ。その覚悟がない者は、将になれぬ。なってはならぬ」

苦い顔で前田直作は続けた。

「儂はあの二人を失うつもりでいた」

「なっ」

聞いた数馬は絶句した。

「あの日、儂が組頭のもとを訪れると知っていたのは、当の組頭だけだ。わかるか。儂が襲われるとしたら、出会い頭か、組頭が敵に漏《も》らしたかのどちらかしかない。あの状況なら、一つだけだ。組頭が儂の訪問を御為派に流した。そのお陰で二人の家臣が死んだ。その責は誰だ。そう、儂はそれを理由に組頭を脅《おど》し、こちらへつけるつもりでいた」

前田直作が苦渋の表情を浮かべた。

「……………」

数馬は非難できなかった。それをしなければならない辛《つら》さが、前田直作から伝わってきた。

「瀬能、お主はそうしなくていい立場だ。わかるか、儂とお主の違いが」

「いいえ」

類推で口にするべきではないと数馬は、考えを言わなかった。

「……ふむ」

迷うことなく返答した数馬に、前田直作が少しだけ目を大きくした。

「そういうところが、本多政長どのの目に留まり、琴どのの気に入ったのだろうな」

一人納得して前田直作が続けた。

「儂と瀬能の違い。それは、両手の届く範囲だけを守ればいいものと、それ以上を預けられた者の差だ」

「……それは」

数馬は己の考えが違っていたことを理解した。

「おぬしは、手の届く範囲だけを気にしていればいい。家、家族、家臣、領民、友人、せいぜいそこまででいい。大した数ではないし、すぐに手の届くものばかりであろう。だが、儂はそれに加賀藩の政《まつりごと》というものが入る。政は、儂一人で動かしているわけではない。さらに、影響が大きすぎる。政は、うまくいけば領民を富ませ、数万の民を救う。かわりにしくじれば、多くの命を奪う。数万の命。その重みを感じたことがあるか」

「ございませぬ」

訊《き》かれた数馬は、身を震わせた。

とんでもない話であった。己の不用意な一言で数万の人が影響される。その重圧がどれほどのものか、想像するに怖ろしかった。

「数万を助けるために、百を殺すとの決断を強《し》いられる。それが、執政である。だがな、そうせざるを得ないとわかっていても、心のなかでは葛藤《かっとう》し続ける。いや、後悔し続けているのだ。他に手立てはなかったのか、百を死なせずにすんだのではないか、百のうち十でも助けられたのではないか……その苦悩に耐えられた者だけが、執政となるのだ」

「…………」

数馬はなにも言えなかった。

「その儂の前で、そなたは手の届く範囲とはいえ、二人とも助けた。いや、二人だけではないな。おぬしも敵も気づいていないだろうが、襲撃者も救ったのだ。争いになれば、まちがいなく、襲撃者は全員、おぬしによって斬られただろうからの」

「そこまでは」

数馬は謙遜《けんそん》した。

「あれを見たとき、儂はおぬしを欲しいと思った。儂にはないものを持っているからだ。ゆえに、今回の同行者として選んだ。まあ、他にも狙いはあるが……」

「他の狙い……」

「気にするな。もうすぐわかる」

前田直作がごまかした。

「しかし、惜しい。少し遅れたなあ。一族から年頃の娘を養女にして、おぬしの嫁にくれてやればよかった。さすがに抜け目がないの、本多どのは」

本気で前田直作が悔《くや》しがっていた。

「……………」

どういえばいいのかわからない数馬は黙るしかなかった。

「まあ、よい。儂からおぬしにいうことは、一つ。儂や本多どののようにだけはなるな。人の命を秤《はかり》で量るようにだけはな」

前田直作がしみじみと言った。

「殿」

見計らったように石動《いするぎ》が近づいてきた。

「……敵か」

「はい。前に人影が見えましてございまする」

石動がうなずいた。

「生田どのよ」

数馬は前田直作の家士頭《がしら》を呼んだ。

「吾《われ》と石動で突破口を開きまする。貴殿らは前田どのを守って、先へ進まれよ」

「……………」

生田がなんともいえない目で数馬を見た。

「吾の役目は、前田直作どのを無事江戸へお連れすることだ。そのためには、これがもっともいい」

「かたじけのうございまする」

深く生田が頭を下げた。

「あと、悪いが二人残ってくれ。突破した後を追われぬよう、二人で街道を封鎖してもらいたい」

「四人で挟み撃ちにすると。どうせならば、大勢で逆撃ちをしたほうが……」

生田が、そこに見えてる敵を殲滅《せんめつ》するだけの戦力を残そうと提案した。

「いいや。それで前田どのの警固《けいご》が手薄になれば本末転倒だ。このあと第二陣がないとはかぎらぬ」

「……さようでございました」

諭された生田が詫《わ》びた。

「前田どのたちが十分離れたならば、我らも逃げる。後ろは気にせず、進んで欲しい」

「わかりましてございまする」

生田が首肯《しゅこう》した。

「参りましょう、殿」

敵を見ていた石動が数馬を促《うなが》した。

「おう。では、前田どの、江戸で」

「かならずだぞ。儂は借りを作ったままというのは嫌いなのでな」

別れの挨拶《あいさつ》をする数馬へ、前田直作が返した。

「承知」

応じて数馬は駆け出した。

「……殿、第二陣はなさそうでございますな」

相手の顔がはっきりしたところで、石動が言った。

「政岡がいる。どうやら、これで全部らしい」

数馬も同意した。

襲撃を二陣に分けるのならば、最初の一陣は敵の分断が役目となり、第二陣が止《とど》めを刺す。当然、第二陣に最大の戦力を置く。数は少なくともいいのだ。そこで確実に目標の息の根を止められる者を配置して、ことを終わらせる。

碓氷峠《うすいとうげ》での戦いから見てもわかるように、政岡以上に腕の立つ者は御為派にはいない。

「助かったというべきか」

「こちらは、かなりきつくなりまするが」

数馬の言葉に石動が苦笑した。

「全部で八人。少ないな」

「二人か三人は、少し奥にいましょう。抜け出た者を屠《ほふ》るために」

疑問を口にした数馬へ、石動が述べた。

「そのていどなら、問題ないな。まずは、数を減らすぞ」

「御意」

二人は足に一層《いっそう》力をこめた。

「突っこんでくるぞ。迎え撃て。包みこめ。あの二人を先に始末しろ」

猪野が、二人への対応を指示した。

「おう」

「はっ」

数人が迎撃に出てきた。

「右二人任せる」

「はっ」

石動と分担を決めて、数馬は太刀を抜いた。

「死ねっ」

御為派の若い藩士が太刀を振り下ろした。走ってくる敵との間合いは読みにくい。

慣れていないと、刃《やいば》が近づいてくる恐怖に襲われ、早めに動いてしまう。

「遠いわ」

間合いを読み違えた若い藩士の一刀が五寸（約十五センチメートル）届かずに過ぎていくのを見ながら、数馬は太刀を薙《な》いだ。

「ぐえっ」

身を守るべき太刀が下へ流れている。無防備な胸を突き出した若い藩士の肋骨《ろっこつ》に沿って数馬の太刀が入りこんだ。

「こいつ」

その後ろに続いていた少し歳嵩《としかさ》な藩士が足を止め、腰を落として、数馬を待とうとした。

「とうりゃ」

心の臓を裂かれて即死した若い藩士の身体《からだ》を、数馬は待ち構えている歳嵩な藩士へ向けて蹴り飛ばした。

「おわっ」

飛んでくる若い藩士の身体を避けようとした歳嵩の藩士の体勢が崩れた。

「えいっ」

若い藩士の身体を追うように間合いを詰《つ》めた数馬は、真っ向から太刀を振り落とした。

上段からの一撃は香取神道流のもっとも得意とするところである。それだけに鍛錬《たんれん》する回数も多い。身体が覚えるまで繰り返した技は、丸い頭部ですべることもなく歳嵩の藩士を斬った。

「…………」

刃筋の合った一撃で、頭蓋を割られた歳嵩の藩士は声もなく絶息した。

「できるっ」

続こうとしていた御為派の藩士たちが息を呑《の》んだ。

「ぬん」

数馬の隣では、石動が肉厚の太刀を振るい、二人目を地に這《は》わせていた。

普通、太刀と太刀を当てれば、刃が欠け、下手すれば折れる。戦いの最中に得物《えもの》を失えば敗北の一択しかなくなる。そうならないようできるだけ敵の攻撃はかわす。それを石動は無視していた。刃で斬るのではなく、鉄の棒で殴りつけるような一撃に、太刀を折られて、また一人が沈んだ。

「強い……」

石動に向かっていた御為派たちの勢いも止まった。

「真ん中を開けるぞ」

「承知」

石動と目を合わせて、数馬は指示を出した。

数馬が左手に、石動は右手に太刀を持った。片手で持てば、力は入りにくくなるが、両手という縛《しば》りをなくしたぶん、切っ先は伸びる。確実に片手薙ぎは両手のものより、三寸遠くまで届く。

「おうりゃあ」

「ぬえい」

二人が太刀をそれぞれの外側へと薙いだ。

「おわっっ」

「なんの」

あわてて、御為派の藩士たちが逃げた。

「今でござる」

街道の真ん中で、数馬は立ち止まり、石動と背を合わせた。合わせたといっても、間に半間（約九十センチメートル）ほどの隙間《すきま》を空けている。

「ありがとうございます」

「すまぬ」

その隙間を生田が、前田直作が通っていった。

「かたじけなし」

「申しわけなし」

後を前田直作の家士が続いた。

「逃すな」

猪野が叫んだ。

「後は追わせぬ」

数馬は太刀の切っ先を突きつけ、動こうとした敵を牽制《けんせい》した。

「なにをしているか、政岡」

いらだちの声を猪野があげた。

「早すぎるわ」

街道脇の松に背を預けていた政岡がゆっくりと出てきた。

「もう少し、消耗《しょうもう》させてもらいたい」

「馬鹿を申すな。もう五人もやられているのだぞ」

猪野が怒鳴《どな》った。

「五人で一人も倒せなかったということだ。いや、傷一つつけられなかった」

政岡が冷たく言った。

「本当の敵とは、強い相手ではなく、足を引っ張る味方だというが、そのとおりではないか」

「無礼な」

「傲慢《ごうまん》にもほどがあるぞ」

残っていた御為派の藩士たちが憤怒《ふんぬ》した。

「一人前に矜持《きょうじ》はあるようだな」

仲間へとは思えない嘲笑《ちょうしょう》を浴びせながら、政岡が太刀を抜いた。

「他の連中を頼む」

「わたくしが……」

石動が前へ出ようとした。

「いや、数を相手どるのは、吾では辛《つら》い」

数馬は首を振った。

戦いは数である。これは真理であった。どれだけの名人上手でも、一人で十人を相手にするのは無理であった。

二刀流を使っても、同時に防げるのは二人の攻撃までなのだ。三人までは身体の裁きでどうにかなっても、それをこえると防ぎきれなくなる。いや、その前に太刀がもたなくなる。何合か打ち合えば、まず折れる。その点、石動の太刀は分厚く、ぶつけられた太刀を叩《たた》き折りはしても、曲がりもしない。

「……主命でございますれば」

少し不満そうな顔をしながらも、石動が残った御為派へと向かっていった。

「いい家士だな」

政岡が褒《ほ》めた。

「ああ。代々我が家に仕えてくれている。瀬能家の宝だ」

数馬は胸を張った。

「あれほどの家士の主《あるじ》として、おぬしはふさわしいのか。未熟すぎて愛想を尽かされるのではないか」

太刀を構えながら、政岡が嘲《あざけ》った。

「まだ吾は若い。いずれ主にふさわしくなれればよいと思っておる」

すんなりと数馬が流した。

真剣勝負の決着は意外なことが原因となる。足下の小石、顔に向かって吹く風など、普段ならばどうということのないものや、わずかな心の揺らぎで、命がけの戦いが終わるのは珍しくもない。

政岡は数馬を煽《あお》ることで、心の焦《あせ》りを呼ぼうとした。だが、数馬はそれに乗らなかった。

「そちらこそ、哀れよな。頼りになる仲間がおらぬ」

数馬は返した。

「ふん、こんな奴ら、はなから仲間などと思ってもおらぬわ」

鼻先で政岡が笑った。

「おいっ。言葉が過ぎるぞ」

さすがに猪野が注意した。

「やれ、叱《しか》られたわ」

笑いを消さずに、政岡が切っ先を数馬へと向けた。

「そろそろいいだろう」

「ああ」

数馬は政岡が時間を稼いでいることに気づいていた。もちろん、わかっていながら同調していたのは、少しでも前田直作を遠くへ離すためであった。

「気づいていたか」

太刀を青眼《せいがん》より少しあげた癖《くせ》のある構えを取りながら、政岡が言った。

「足軽継のことか」

応じて太刀を上段にしながら、数馬は述べた。

「ほう……」

一瞬政岡が目を大きくした。

「知っていながら、気にならぬのか」

「足軽継は、足が速いだけだからな。使える用途は一つしかあるまい。援軍を求めに江戸へ走らせる」

政岡の疑問に数馬は答えた。

「わかっているのか、援軍だぞ。前田直作の命はもうないぞ」

平然としている数馬に、政岡が驚いた。

「殿がお許しになるかの。直作どのを呼ばれたのは殿ぞ」

「…………」

数馬の言葉に、政岡が黙った。

「もう一つ。本多政長どのの手の者もおられるのだ。足軽継が江戸へ帰れるとでも」

「帰るくらいはできよう。足軽継の疾《はや》さに追いつける者はない」

政岡が反論した。

「そうか、おぬしは見ていないのか」

じりじりと間合いを詰めながら、数馬は納得した。

「どういうことだ」

合わせて近づきながら、政岡が問うた。

「碓氷峠で鉄炮《てつぽう》を持った者がいたな。そやつがどうして死んだか、確認してないだろう」

「任を果たせず、死んだような役立たずなど気にする意味はなかろう」

言いながら政岡が一歩踏みこんだ。

「…………」

数馬が太刀を落とした。

「……ふん」

「…………」

半歩退いて政岡がかわし、数馬は追い撃たなかった。見せ太刀であった。攻撃をすると見せかけて相手の対応を引き出し、その体勢の乱れを狙う技である。政岡は数馬の一撃を見せ太刀と見抜き、小さな動きで避け、それを見た数馬は無駄《むだ》な追撃をしなかった。

互いに相手の様子を窺《うかが》っただけであった。

「鉄炮を構えていた奴の首には、矢が刺さっていたぞ」

構えなおした数馬が先ほどの続きを言った。

「……なにっ」

政岡が驚愕《きょうがく》した。

「矢だと……」

「ああ。見事に盆《ぼん》の窪《くぼ》を撃ち抜いていたわ」

数馬は半歩右へ動きながら、太刀を右脇構えに変えた。

「馬鹿な、そんなことはありえぬ」

「事実だ。だから、前田どのは生き延びた。我らの誰もが弓を持たぬ。となれば、殿か本多どのの手の者が陰の警固《けいご》についていると考えるべきだろう」

話しながら、数馬は腰を落とした。

「猪野氏《うじ》。真実《まこと》か」

「…………」

政岡の質問に猪野が黙った。

「やはり知っていたか」

数馬は推測があたったことを悟った。

碓氷峠で討ち漏らした者が、こちらに合流し、戦いの状況を報告していると数馬は読んでいた。

「知っていたならば、なぜ教えぬ」

かっと政岡が激発した。

「弓があるならば、それに対応せねばならぬであろうが」

政岡が大声で猪野を非難した。

「弓があるなどと知れてみよ。皆、動揺するであろう」

猪野が言い返した。手の届かないところから飛来する死である。誰もが怯《おび》えて当然であり、逃げ出す者がいてもおかしくはなかった。

「今も狙われているかも知れぬではないか」

目を動かして、政岡が警戒した。

それでも数馬へ注意を払っているのは、身体の軸がぶれていないことでもわかった。

「やあ」

「ぐえっ」

石動の気合いのあとに苦鳴がした。

「どうやら、数の優位も消えたようだな」

数馬は口の端をゆがめた。

「……うるさい」

猪野の余裕は消えていた。

「政岡、さっさと片付けろ。そちらもだ。一人を残して、前田を追うぞ」

命令した猪野が背を向けて駆けだした。

「なあ、あれを逃げ出したというのではないか」

「同意する」

数馬の意見に、政岡が嘆息した。

「では、行こうか」

政岡の顔が変わった。

「弓はいいのか」

「いないとわかったからな。いるならば、とうに矢がきているはず」

落ち着いた声で、政岡が述べた。

「ほう」

すなおに数馬は感心した。

「少し考えればわかることだったわ」

政岡が苦い顔をした。

「弓は前田直作の陰守りだろう。それが、ここにいつまでも留まっているはずもない」

「ああ」

数馬はうなずきながら、太刀を肩の上へ担《かつ》ぐようにした。切っ先を後ろへ隠すことで間合いをわかりにくくするためであった。

「小細工がつうじると思うなよ」

眉《まゆ》をひそめながら、政岡が太刀を上段にした。

「一刀流の極意は威《い》の位にあり」

政岡が宣した。

上段の太刀は、刀自体の重みも加わって、まさに雷撃のような威力を持つ。下手な防御など紙のように破り、敵を両断する。

「……」

緊迫した雰囲気に、数馬も口を閉じた。

しゃべれば、人は息を漏らす。息を漏らすには、胸の筋肉を締めねばならない。締め続けることはできない。息を吸うためには胸郭を緩めなければならないのだ。それは筋を弛緩《しかん》させることであり、咄嗟《とっさ》の対応に遅れを生んだ。

無言で二人が動いた。

「おう」

気合いを政岡が発した。

「えい」

数馬が受けた。

声を出すことになるが、気合いをぶつけられて受けなければ、気圧《けお》されてしまう。また、相手も気合いを出すために、息を吐いている。条件としては同じになった。

「やああ」

数馬の背後で、裂帛《れっぱく》の声がした。残っていた御為派の藩士が、石動に斬りかかった。

「……」

一瞬だけ数馬が緊張した。

「もらった」

数馬の身体が硬くなるのを、政岡は見逃さなかった。

大きく踏みこんで、烈火の如《ごと》く太刀を落とした。

「弓、今ぞ」

毛筋ほど遅れた数馬は、大声で叫んだ。

「なにっ」

政岡が動揺した。否定したが、頭のすみに弓のことは残る。それが武芸者というものである。それを数馬は利用したのだ。政岡の一撃が、一瞬遅れた。

「…………」

右へ半歩逃げて、立ち位置を変えた数馬が太刀で袈裟《けさ》掛《が》けにした。

「ぐえっ……卑怯《ひきよう》な」

左肩から右脇腹へと裂かれた政岡が、数馬を非難した。

「真剣勝負に卑怯もなにもない。立っていた者が勝者だ」

残心を崩さず、数馬が宣した。

「……このための布石か、先ほどの話は……」

流れ出る命の血潮に力を奪われながら、政岡が言った。

「まだ死にたくはないからな」

「……儂もだ」

政岡が首《こうべ》を垂《た》れた。

「お見事でござった」

太刀を拭《ぬぐ》いながら石動が近づいてきた。

「褒められたまねではない」

苦く数馬が顔をゆがめた。

「いいえ。それでよいのでございまする」

石動が首を振った。

「真剣勝負は戦と同じ。勝たねばすべてを失いまする。道場での稽古《けいこ》、あるいは木刀の勝負ならば、形にこだわらねばなりませぬ。次がありますゆえ。ですが、命のやりとりに二度目はありませぬ。今回は負けたが、次こそという機会は永久にないのでございまする。命を賭《か》けた争いに、卑怯未練はございませぬ」

「…………」

慰める石動に、数馬は返事をしなかった。

「政岡どのに失礼でございますぞ」

石動が数馬を叱った。

「命をかけた戦いに勝った者が喜ばねば、負けた者は浮かばれますまい」

「浮かばれぬか」

数馬は倒れている政岡を見た。すでに血の流れは滞《とどこお》り、政岡の命の火が完全に消えたことを示していた。

「はい。互いにもてる力のすべてを使うのが、真剣勝負でございまする。なにせ代償《だいしょう》は、なにものにも代え難《がた》い己《おのれ》の命。今まで学んできた技を惜しみなく出すのはもちろん、あらゆる手立てを尽くすのが礼儀でござる。そのなかに策も含まれましょう」

「策も含まれるか」

数馬はまだ納得していなかった。

「殿は神君家康公をご否定なさいまするおつもりか」

「な、なにをいうか」

さっと数馬の顔色が変わった。

神として祀《まつ》られている徳川家康は、幕府だけでなく金沢でも格別の扱いを受けていた。加賀《かが》前田家は徳川家との縁を利用して、東照宮《とうしょうぐう》を寛永《かんえい》二十年（一六四三）、金沢城北の丸に創建していた。

「金沢城の弱点である北の丸に東照宮を安置し、幕府の攻撃を避けるため」

などといううがった意見を口にする者もいたが、藩主も国入りのたびに参詣《さんけい》されるほど、丁重に扱われていた。

ましてや瀬能家はもと旗本である。家康に対する崇敬の念は、加賀随一といっていい。家士の発言に数馬が驚いたのも当然であった。

「では、関《せき》ヶ原《はら》の合戦をどうお考えになられますか。小早川、吉川《きっかわ》を寝返らせた策は卑怯だと」

「馬鹿を申すな」

家康の非難などできるはずなかった。数馬は石動をたしなめた。

「同じでございまする。規模が違うとはいえ、関ヶ原の合戦も命のやりとりでございました。それに勝つため、神君家康公は、戦いが始まる前から準備をなされた、それも卑怯だと言われますか」

「……いいや」

数馬は論破された。いや、されざるを得なかった。

「まだお気持ちは治まられますまい。しかし、今はまだ任の途中でございまする。殿は、前田直作さまを無事に江戸までお連れしなければなりませぬ。ここでのんびり論を戦わしている余裕はございますまい」

「……そうだ」

これには数馬も同意するしかなかった。

「追いつくぞ」

片手拝みで政岡の冥福《めいふく》を祈って、数馬は白刃《はくじん》を手に駆けた。

「太刀は鞘《さや》へ戻されよ。白刃を出したままは危険でござる」

「わかった」

血のついたままの刀を鞘に戻すのは厳禁である。刀身の血が鞘へつき、放置しておくと刀を錆《さ》び付かせる。だが、今は緊急であった。数馬は鞘を一つ捨てるつもりで、血刀を納めた。

二

数馬たちを残す形で進んだ前田直作一行は、大宮を出たところで二手に分かれた。

「よいか、かならず瀬能たちと合流いたせ。我が家の家臣が生き残り、瀬能を死なせたとあっては、名折れである。そなたたちの命を捨てても、瀬能は守れ」

「承知いたしておりまする」

「お任せを」

前田直作の命《めい》に、残る家臣二人がうなずいた。

「粗略にはせぬ」

万一の保証を口にして、前田直作が江戸へと向かった。

「敷島《しきしま》氏、恩返しでござるな」

「さよう。瀬能さまには、何度も殿をお救いいただいている。だけではない、拙者《せっしゃ》も助けられた」

残ったうちの一人は、主の前田直作の供をして組頭の屋敷を訪ねたおり、猪野たち御為派によって殺されかけたところを数馬に救われた定岡であった。

「来たぞ。ぬかるな」

「おう」

待つほどもなく、猪野を中心にした御為派たちが走り寄ってきた。

二人が太刀を抜いた。

「邪魔をするな。命を惜しめ、馬鹿ども」

猪野が怒鳴りながら、退けと手を大きく左右に振った。

「御免《ごめん》こうむろう」

定岡が前へ出た。

「先夜の遺恨《いこん》、覚えておろう」

前田直作の家臣でしかない定岡と、加賀藩士である猪野では身分が違う。だが、定岡は敬語を使わなかった。

「……あの夜の家士か。勝てなかったことを忘れたか」

猪野が口の端をゆがめた。

「遠慮が要《い》らぬのだ。今日はな」

定岡がにやりと笑った。

「陪臣《またもの》風情が。斯波《しば》、後藤《ごとう》、思い知らせてやれ」

「おう」

「はい」

言われた二人が突出した。

「右を頼む」

「承知」

定岡の言葉に、敷島がうなずいた。

「くたばれっ」

「どけっ」

斯波と後藤が斬りかかった。

「なんの」

「ふん」

敷島と定岡がかわした。

何度も真剣での戦いを経験したことが、互いの技量を底上げしていた。敷島と定岡は、余裕を持って動き、斯波と後藤もかわされた太刀を流さずに体勢を維持していた。

「おう」

今度は定岡が斬りつけた。

「来るかっ」

斯波が太刀で受けた。火花が散って、太刀が食いあった。

「おっと」

その反動を利用して定岡が後ろに跳んだ。

「鍔《つば》迫《ぜ》り合いは御免だ」

「ちっ」

意図を見抜かれた斯波が舌打ちをした。

一対一ならば鍔迫り合いもまだいい。純粋に互いの力比べ、技比べですむ。だが、相手の数が多いとき、鍔迫り合いは不利にしかならなかった。間合いのない戦いといわれる鍔迫り合いは、刃《やいば》を打ち合わしている二人の均衡のうえに成りたつ。そう、鍔迫り合いをしている二人は、まったくの無防備になるのだ。それこそ、背後に回られたら、どうしようもない。下手に逃げようとして重心をずらせば、そのまま押しきられる。かといって動かなければ、斬られるだけである。あの夜、痛い思いをした経験が定岡を育てていた。

「後ろに回りこめ」

様子を見ていた猪野が残った二人に指示した。

街道の脇は、水田である。すでに田植えが終わり、水も張られている。冬のように、田を通過することはできない。とはいえ、あぜ道がある。少しだけ遠回りしなければならないが、定岡と敷島の背後に回りこめた。

「まずいな」

定岡が苦い顔をした。

「……………」

後藤と対峙《たいじ》している敷島も表情を硬くした。

「えっ」

御為派の動きを見ていた定岡が、間の抜けた声を出した。

猪野までがあぜ道を通って、定岡たちを回避した後、そのまま駆けていった。

「しまった」

主《あるじ》前田直作の後を追うためと気づいた定岡だったが、斯波と太刀を交わしている今、背中を向けるわけにはいかなかった。

「くっ」

焦《あせ》った敷島が、後藤へ突っこんだ。

「あっ」

制止しようとした定岡の前に、斯波が出てきた。

「……………」

定岡は敷島から注意を離さざるを得なくなった。

「やああ」

敷島の身体に力が入りすぎた。力めば筋は固く縮む。縮んだぶん、切っ先の伸びはなくなった。敷島の太刀は、後藤の身体まで二寸(約六センチメートル)足らなかった。

「あっ」

虚《むな》しく過ぎていく己の太刀に、体重をのせていた敷島の身体が引きずられた。

「やあ」

鋭く後藤が太刀を突き出した。

「くえっ」

喉《のど》を突かれた敷島が苦鳴とともに倒れた。

「……敷島」

定岡が唇《くちびる》を嚙《か》んだ。

「斯波」

「おう」

後藤の合図に斯波が応じた。斯波が定岡へと迫った。

「やられてたまるか」

定岡は刃を合わさず、後ろへ引いた。一対一が二対一になってしまったのだ。一人の相手をしているわけにはいかなくなった。

「逃がさぬ」

斯波が追いついてきた。

「しゃあ」

定岡が太刀を薙いだ。斯波がたたらを踏んで止まった。

「行くぞ」

今度は斯波が指示を出した。斯波が出るのに合わせて、後藤も右から定岡へと刃を向けた。

「……やあ」

追いこまれる前にと定岡が前に出た。しかし、余裕の出てきた斯波に受けられてしまった。

「死ね」

後藤が背後から斬りかかった。

駆け続けてきた数馬と石動は、街道で伏している二人の前田直作家の家臣を見つけた。

「……急ぐぞ」

一瞬瞑目《めいもく》した数馬は、足を速めた。

「はっ」

倣《なら》って目を一瞬閉じた石動が従った。

足軽継の山崎は、猪野の密命を受けて江戸屋敷へ増援を求めに走った。いかに足の早い足軽継とはいえ、板橋の宿場に入ったときは、夕刻となっていた。

「どうぞ、お泊まりを」

左右の旅籠《はたご》から、女中たちが出て客を引いていた。

「お客さん、甲府屋《こうふや》でございます。どうぞ、お上がりを」

「おまえさんが、相手をしてくれるのかい」

袖《そで》を引かれた旅人が女中に訊いた。

「竜《たつ》と申しまする。わたくしでよければ」

女中がそっと身体を寄せた。

「じゃあ、泊めてもらおう」

胸の膨《ふく》らみを押しつけられた旅人が鼻の下を伸ばした。

「ありがとうございまする。お一人さま、お上がりでございまする」

女中が大声をあげた。

四宿と呼ばれる、板橋、内藤新宿《ないとうしんじゆく》、品川《しながわ》、千住《せんじゅ》のどこでも見られる風景であった。

江戸の市中では、吉原《よしわら》しか遊郭は許されていなかった。吉原以外の遊郭はすべて御《ご》法度《はっと》であり、いつ町奉行所の手入れを受けるかわからない。そこで目を付けたのが町奉行所の手の届かない四宿であった。

四宿は関東郡代の伊奈半左衛門《いなはんざえもん》の支配にある。伊奈半左衛門は四千石の旗本で、関東郡代として十万石をこえる天領を治めていた。当然、人手は足りない。関東郡代の主たる任務は天領から年貢を集めることであり、四宿の風俗取り締まりはついでに近い。郡代所の役人は、四宿に常駐《じょうちゅう》しているが、片手で足りるほどであり、実質なにもできない状態である。そこにつけこんで、旅籠が遊女を抱えた。名目上、飯盛女《めしもりおんな》という名前ではあるが、やることは客の食事の世話ではなく、閨《ねや》での相手であった。

「お客さま、お寄りなしてくださいませ」

一段と美貌の女中が、走ってきた山崎へ絡んだ。

「御用中じゃ。どけ」

山崎が女中の手を振り払った。

「そんな、つれないことを仰《おお》せられずに、今からでは江戸に着くにには夜になりましょうほどに」

女中が言いつのった。

「邪魔だと申しておる」

あくまでも袖《そで》を離さない女中へ、いらついた山崎が拳撃《こぶし》ちを喰《く》らわそうとした。

「女に手をあげるなんて」

女中の声が低くなった。

「なにっ」

拳を受け止められた山崎が目を剝《む》いた。

「本多を敵にしたことを悔《く》やみなさい」

「こいつっ」

山崎が脇差《わきざし》を抜くより早く、女中が手にした簪《かんざし》を突くのが早かった。

「なにをした」

肝臓というのは痛みを感じない。腹を破られた痛みしか感じなかった山崎が女中に問うた。

「返してもらう」

感情のない声で女中が言い、簪を抜いて間合いを取った。

「おまえの相手などしておれるか。急がなければならぬ。おまえの顔、覚えたぞ」

女中が離れたのを幸いと、山崎が走り出した。足軽継はなにを置いても目的地へ着かねばならない。山崎は身についた習性にしたがった。

「…………」

じっと女中が山崎を見送った。

「おまえさんの宿はどこだい」

女中の容姿を見た旅人が、声を掛けた。

「今日は店じまい」

「なにを……」

冷たい反応に旅人が唖然《あぜん》とした。

「そう言うな。これだけの上玉、吉原でもいない。どこの飯盛りなんだ。今夜、おまえを買ってやるよ。心付けも弾む……待て」

下卑《げび》た笑いを浮かべながら言っていた旅人が、無言で離れていこうとした女中の手を摑《つか》んだ。

「えっ」

摑んだはずの手は空をきった。

「どこへ」

そして女中の姿も消えた。

「女郎の幽霊……」

旅人が震えた。

板橋の宿を駆け抜けた山崎は、脇腹の痛みを忘れていた。

「本多の敵……本多政長さまの手の者だということなのだろうが、なにをしたかったのか。まあ報告だけしておけばいい。足軽継の本気に追いつけるはずもなし。もう、少しで……」

気を抜いた途端《とたん》、山崎の足が折れた。

「……えっ」

盛大に転んだ山崎が目を剝《む》いた。

「足に力が……かはっ」

血泡を吹いて山崎が事切れた。

加賀藩主前田綱紀はすべての藩士に禁足令を出した。

「今後屋敷を出る者を許さず」

横目付《よこめつけ》複数と下目付に命じて、すべての屋敷を封鎖させた。前田家ともなると、江戸の屋敷だけでそうとうある。公邸である上屋敷は一つだが、藩主家族の住居となる中屋敷、藩主の休息の場として使われる下屋敷、幕府から与えられたものではなく加賀藩が独自に買い入れた抱え屋敷などは複数あった。そのすべてを綱紀は封じた。

「国元より使者が来たならば、重大な発表をする。それまで一同は待機するべし。ただいまより一歩でも門を出た者は、逃散あるいは欠け落ちとして扱い、どのような事情があろうとも、かかわりなく罰する」

綱紀の指示は藩士だけではなかった。

「御上の使者以外の来客もお断りする」

加賀藩邸は実質上の封鎖状態となった。

「まずいな」

江戸家老坂田主膳《しゆぜん》が苦い顔をした。

「これでは、足軽継の山崎も戻って来られぬ。情況がわからぬでは……」

「援軍も出せなくなりました」

組頭武藤《むとう》但馬《たじま》も頬《ほお》をゆがめた。

「前田直作さまを抑えねばなりませぬ。このまま藩公が江戸城へ移られれば、加賀藩は潰《つぶ》れまする」

留守居役五木参左衛門《さんざえもん》が顔色をなくした。

「まちがいないのだろうな」

「はい。今回の騒動は、最初から仕組まれているとのお話を館林家の留守居役木村精《せい》兵衛《ひょうえ》どのよりお教えいただきました。すでに五代将軍は館林公に決まっており、その代替わりの祝いとして、酒井雅楽頭《うたのかみ》は加賀百万石を差し出すと」

五木が述べた。

「五代将軍の機嫌を取り、このまま大老の職に在り続ける。そのために加賀を潰し、幕府の歳入に百万石を加える。大手柄だと言うつもりか、酒井雅楽頭」

坂田が吐き捨てた。

「殿に真相をお話ししては」

武藤が提案した。

「もう何度もお諫《いさ》めした。藩主が他家の養子になった前例はないとな。しかし、殿はお聞きいれくださらぬ。殿はお若い。ご自身が将軍となり、天下へ号令するという魅力に取り憑《つ》かれておられるのだ。繰り返し、ご諫言《かんげん》申しあげたが、届かぬどころか、目通り禁止まで言い渡されてしまった」

手を強く握りしめながら、坂田が無念を口にした。

「他のご家老さまがたにお話しすれば」

「駄目だ。すでに江戸筆頭家老である横山玄位《はるたか》が、籠絡《ろうらく》されてしまっている。江戸屋敷は、もう売国派で占められている」

五木の勧めにも坂田は首を振った。

「では、どういたせば……」

「外の者を使うしかない」

「……外の者でございまするか」

坂田の言葉に、武藤が首をかしげた。

「五木、そなた小沢を存じておるな」

「…………」

返答をせず、五木は坂田を窺うような目で見た。

「今さらなまねをするな。小沢から金を借りているそうだな」

「なぜそれを……」

五木の顔色がなくなった。

「備中《びっちゅう》守《のかみ》さまの留守居役多賀どのからお招きを受けた」

坂田が語り始めた。老中の留守居役ともなれば、他藩の家老を呼びつけるだけの権を持つ。逆らって、藩にお手伝い普請《ぶしん》などを押しつけられてはたまらない。

「なにかとお伺《うかが》いしたところ、小沢を放逐《ほうちく》したという噂《うわさ》だが、本当かと確認されてな。藩の恥になるとはわかったが、事情をお話ししたのだ。聞けば、多賀どのと小沢は親しくお付き合いをしておられたとかで、いろいろなことを耳にされていたそうだ。そのとき、五木、おぬしの話も出た」

「まことか、五木」

武藤が五木に迫った。

「よせ。いかに放逐された者とはいえ、今までのつきあいは消せぬ」

坂田が武藤を抑えた。

「しかし、藩から手配されている者に金を借りているなど……」

「今はささいなことをとがめている場合ではなかろう」

渋る武藤を坂田がなだめた。

「……はい」

武藤が退いた。

「五木、小沢から連絡はあったな」

坂田が断定した。

「……はい」

しぶしぶ五木がうなずいた。

「吉原の西田屋の男衆《おとこし》が手紙を持って参りました」

五木が喋《しゃべ》った。

「それは好都合だ。吉原ならば留守居役が書状を出しても不思議ではない。とくに急な禁足令である。吉原の見世《みせ》に接待を任せていたものを白紙にせねばならぬからな」

妙手だと坂田が手を打った。

「それに横目にも仲間はいる。さすがに人を抜けさせてもらえぬが、書状の中身を見逃すくらいはできる。小沢に浪人者を雇わせ、前田直作一行を江戸屋敷に入る前に始末するよう指示を出せ」

「小沢が動きましょうや」

「動く。前田直作がいなくなれば、人持ち組頭はすべて綱紀公の将軍家養子入りは反対なのだ。なに横山玄位など若い。いくらでも言いくるめられる。綱紀公も七家の援護がなければ、吾《わ》が意を無理強《じ》いはできまい」

坂田が述べた。

「そして綱紀公の将軍家入りが消えれば、小沢は堀田備中守さまの家中となる」

「老中の……」

「それは……」

聞かされた武藤と五木が絶句した。

「そうなれば、老中との縁が深くなり、加賀は安泰じゃ」

満足そうに坂田が言った。

「しかし、ご家老。望みを絶たれた殿が我らをお許しになられましょうや」

懸念を武藤が口にした。

「ただではすむまいな。いかに藩のためとはいえ、主君にさからったのだからの」

坂田が言った。

「……」

二人が黙った。

「なあ、おぬしたち。我らが忠誠を尽くすのは、一人綱紀公か。違うはずだ。もし、主君に忠を尽くすならば、その死に、藩士一同殉《じゅん》じねばならぬ。そんなことをしていれば、家は続かぬ。よいか。我らは殿ではなく、前田の家に仕えている」

「まさか」

勘がよくないと留守居役など務まらない。五木が気づいた。

「綱紀さまにはご隠居いただこうと思う」

坂田が述べた。

「だが、綱紀公にはお世継ぎがおられぬぞ。世継ぎなきは断絶。幕法でござろう」

武藤が異を唱えた。

「なんのための分家か」

冷たい声で坂田が言った。

「富山からお迎えする。すでに話はしてある」

「……うっ」

「…………」

坂田の言葉に、武藤と五木が詰まった。

「我らの先祖が血を流して購《あがな》った禄《ろく》を子孫に伝える。それが武家の役目であろうが」

強く坂田が言った。

「念のために申し添えておくが、ことがなったあかつきには、武藤、そなたは禄を二千石に増やし、江戸家老へ。五木、おぬしにも五百石の加増と勘定《かんじょう》奉行の座を約束してやる」

「江戸家老……」

「勘定奉行」

二人の目に光が灯《とも》った。

「手柄を立てるためじゃ、はげめ」

坂田が奨励した。

三

西田屋に届けられた書状は、すぐに小沢のもとへ渡った。小沢はあれからずっと井筒屋に居続けていたからである。

「浪人者を手配せよだと。できるはずなどないであろう」

要求に小沢があきれた。

「田舎《いなか》の街道筋ならまだしも、ここは天下の城下町だ。浪人の動向に町奉行が目を光らせているのだぞ。その浪人をかき集めるなどとんでもない。前田直作一行の数は少なくても十名近いはずだ。それもよりすぐりの腕を持つ者ばかり。そやつらを抑えたうえで、前田直作を討つにはどれだけの浪人が要るか。最低で十五名、確実を期すならば二十名。それだけ大量の浪人が動けば、町奉行が気づく」

小沢が嘆息した。

「加賀は、敵にしてもいいが、御上に目をつけられては困る」

酒を口にしながら小沢が呟《つぶや》いた。

「国元の人持ち組頭は反対だという。もっとも本多はなにを考えているかわからぬがな。だが、綱紀公といえども人持ち組の半数以上を敵に回してまで西の丸入りを望むまい」

小沢が思案した。

「なにより綱紀公は、将軍となるのを望んでいるのか。そうとは見えぬ。藩のなかにいたときは気づかなかったが、出てみてよくわかった。世間は加賀をどれだけ警戒しているか。留守居役として横領と逃亡をした儂を堀田備中守さまが抱えてやろうというのも、加賀への楔《くさび》として使えるからだ」

落ち着いたことで小沢は、加賀の思惑を見抜いていた。

「事実、儂をつうじて加賀の江戸家老坂田や留守居役五木を取りこめた。儂を拾っただけの価値はあったわけだ」

杯を干した小沢が小さく口をゆがめた。

「唯一の百万石、支藩まで入れれば百二十万石という領土。そこに将軍の一門という血筋。幕府にとってこれほどやりにくい相手はない」

外《と》様《ざま》は潰《つぶ》す。徳川家康以降幕府の方針であった。肥《ひ》後《ご》の加《か》藤《とう》、安《あ》芸《き》の福島、伊《い》予《よ》の加藤、羽州《うしゅう》の最《も》上《がみ》と一国を領していた外様大名で取り潰された家は多い。だが、加賀前田家を始め、薩摩《さつま》島津《しまづ》、長州毛利《ちょうしゅうもうり》、仙台伊達と無事な外様大大名も少なくないのだ。幕府から咎《とが》めを受けないように身を守っているのもたしかだが、幕府も外様大名を潰しすぎる弊害を理解している証《あかし》でもあった。

「加賀百万石を吸収して、幕府財政を豊かにし、最大の外様をなくす。幕府の狙いはこれしかない。それを綱紀公は見抜いている。だからこそ、すぐに受けず、すぐに断わりもしない。わざわざ国元の了承を取る理由はそれしかない。国元の反対を押し切って強行すれば、天領となった加賀の治世はいきなり難航する。綱紀公に反対した国元の重職は職を辞す。国元を治めてきた重職たちがいきなり治世をなげだす。加賀はもともと百姓の持ちたる国とまでいわれたほど、政の難しい国だ。前田家は何十年とかけてようやく安定させた。それが崩れる。あらたに任じられた代官が少しまちがえば、一揆《いっき》にもなりかねない」

加賀は一向衆《いっこうしゅう》の強いところであった。戦国の初め、一向衆を弾圧した守護富樫政親《とがしまさちか》を討った一向一揆衆は、その後百年近く加賀を治めた。

「だからこそ、あの酒井雅楽頭さまが国元の返答を待っている。加賀を天領に入れるは功績だが、その治世に失敗するのはまずい。大老として権を振るっている酒井雅楽頭さまには敵が多い。なにかあれば、足を引っ張ろうとしている」

小沢がふたたび酒を注いだ。

「綱紀公も無理強いできないとわかっているからこそ、手間を掛けている。つまり、この話は潰れる。ならば、今坂田どのの願いを聞く意味はない」

要望には応えないと小沢は独《ひと》りごちた。

「主《ぬし》さま」

「おう。来たか。遅かったの」

襖《ふすま》の外からかかった甘い声に、小沢が頬《ほお》を緩めた。

ものものしい警固の上屋敷表門に前田直作とその家臣が辿《たど》り着いたのは、すでに江戸の町に夜の帳《とばり》が降りてからであった。

「殿のご手配よな」

赤々と篝火《かがりび》を焚《た》き、たすき掛けに鉢巻《はちまき》をした足軽が六尺棒を持ち、大門はしっかりと閉じられていた。それを綱紀の手配だと前田直作は見抜いた。

「誰だ」

近づいてくる前田直作一行に、足軽たちの束《たば》ねをしている藩士が鋭い声をかけた。

「国元より召喚を受けてまいった前田直作である」

前田直作が大声で名乗った。

「承った。開門せよ」

藩士が足軽に指示した。

「うむ」

門はすべて開かれなかった。人が一人通れるほどで止められた隙間《すきま》を前田直作らが通過した。

「待て。誰だ」

小半刻ほど遅れて三人の侍が近づいてきたのを門番していた横目付が誰何《すいか》した。

「国元の猪野兵庫《ひょうご》でござる。前田直作はすでに」

「すでにお着きである」

「追いつけなかったか」

「そなたたちは国元を出奔《しゅっぽん》して参ったな」

唇《くちびる》を嚙《か》む猪野を横目付が睨《にら》みつけた。

「殿より捕縛《ほばく》が命じられている。神妙にいたせ」

「国家老の坂田さまに……」

「黙れ」

抗弁する猪野を、横目付が怒鳴りつけた。

「こと破れたり。逃げるぞ、捕まれば死罪だ」

猪野が身を翻《ひるがえ》した。

「待て」

下目付たちが後を追った。


「殿」

すぐに前田直作の到着は綱紀に報《しら》された。

「連れて参れ」

綱紀が夜の目通りを許すと言った。

「殿。ご無沙汰《ぶさた》をいたしておりまする」

すぐに前田直作が表御殿謁見《えっけん》の間《ま》へ案内された。

「ふん。この馬鹿が。先祖のまねをするなど」

一門で歳上の前田直作を綱紀が叱った。

「申しわけもございませぬ」

すなおに前田直作が詫びた。

「先祖は家を二つに割って、なにがあっても前田の血筋が残るようにした」

綱紀が言ったのは、関ヶ原の合戦のことであった。

「あれは芳春院《ほうしゅんいん》さまの策でございましたぞ」

前田直作が苦笑した。芳春院とは、前田利家の妻まつの落飾した名前である。糟糠《そうこう》の妻として前田利家を支え、夫亡き後は前田家を徳川につかせるという活躍をした。前田家では利家と並んで尊敬されていた。

「わかってはおるが、そなたの家には辛《つら》い思いをさせた。能登《のと》一国をふいにしただけでなく、十万石の話も辞退させた」

前田直作の先祖は、利家とまつの間に生まれた次男利政である。利政は関ヶ原で兄利長が東軍につくと、西軍寄りの行動を取り、戦後所領を没収された。また大坂の陣では豊臣、徳川の両方から一軍の将として招かれたが、京より動かず傍観した。豊臣家が滅んだあと、家康から十万石をもって誘われたが拒否、終生市井の人として退隠した。

「あの話を受けていれば、前田本家は潰《つぶ》されていたでしょう。吾《わ》が祖父を十万石に。これは復帰ではなく新規お取り立てでござる。いわば家康さまの臣。仙台の伊達家を見てもわかるように、徳川に近い者が家督《かとく》を継ぐ。それが外様の生き残る手段でござった」

伊達政宗は秀吉の猶子《ゆうし》となっていた嫡男秀宗《ちゃくなんひでむね》を廃し、代わって秀忠の側《そば》に出していた次男忠宗《ただむね》に家を譲っている。のち、秀宗は家康から十万石をもらって伊予宇和島《うわじま》に別家するが、次男に本家を取られたとの不満から宇和島騒動を起こしている。

「祖父が十万石をもらった上で、もし家康さまの隠居お供衆《ともしゅう》にでも選ばれていたら……」

「家康さま新規お取り立ての前田家、そなたの父直之《なおゆき》に加賀をという話が出たかも知れぬな」

綱紀が苦い顔をした。

「それを怖れて芳春院さまは、祖父を京に留めました」

能登を取りあげられた利政だったが、娘が京一といわれる豪商角倉家《すみのくらけ》へ嫁いでいたことで豪勢な生活を送っていた。当代一流の趣味人である本阿弥光悦《ほんあみこうえつ》や茶道の千家《せんけ》などと付き合い、五十五歳で死ぬまで悠々自適の日々を過ごした。

利政の死後、芳春院の遺言もあり、加賀前田家三代利常は直之を家臣として召し出し、一万二千石を与えた。

「芳春院さまはやり過ぎたと思う」

声を落として綱紀が言った。

「次男利政どのを道具として、長男利長さまを救った。そこまではまだいい。真田家《さなだけ》が兄信幸《のぶゆき》と弟信繁《のぶしげ》に分かれて関ヶ原を乗りこえ、血筋を残したのも同じだ。同じようなことを九鬼《くき》もした」

真田家も九鬼家も外様である。ともに関ヶ原で家を二つに割って、東西に分かれ、どちらかだけでも残そうとした。結果、血筋は今に続いている。乱世を生き残るための方便であり、非難されることではなかった。

「夫利家公とともに必死で戦いようやく得た加賀だ。芳春院さまが失いたくないと思われるのはわかる。そのために少しでも危険と思われるものは排除した。その一つがそなたの祖父利政どのであり、その逆が本多安房守《あわのかみ》政重よ。あからさまに怪しい本多政重を前田家は受け入れただけでなく、五万石という高禄《こうろく》を与え、金沢城の隣に出城とも言える屋敷を与えた。いや政いっさいを預けた。こうして加賀の内情が幕府へわざと筒抜けになるようにしくんだ。加賀にはなにも企《たくら》むものはないと見せつけた。それだけでは不足だと感じたのだろうな。家康さまと親しいという長年の縁を頼って珠姫さまの輿入《こしい》れを願った」

「はい」

前田直作が首肯した。

「徳川と前田を一つにして、存続を図る。たしかに有効な手である。ただし、これは世が定まるまでのこと。乱世ゆえ、血の絆《きずな》は重視される。誰が味方か敵かを判断する大きな要因だからの。だが、泰平になれば、血ほどややこしいものはなくなる。世襲を旨《むね》とする以上、血が繋《つな》がっていれば、継承の権は生じる。むしろ、血族こそ敵」

「仰《おお》せのとおりでございまする」

綱紀の言に前田直作は同意した。

「まったく面倒なことよな。余《よ》が秀忠さまの血を引いているというわけで、このような目に遭《あ》わねばならぬ。飾りだけの将軍、それも酒井雅楽頭ごときの傀儡《かいらい》など御免《ごめん》じゃ。そのうち酒井雅楽頭の娘あたりを嫁に押しつけられて、子ができればさっさと大御所という名の隠居にされて、死ぬまで西の丸で飼い殺される。そんな一生を強《し》いられてたまるか」

厳しい表情で綱紀が続けた。

「なにより利家公が命を賭《か》けて手にした地加賀を、酒井雅楽頭らの思うがままにさせるのは嫌じゃ」

「はい」

これには強く前田直作がうなずいた。

「加賀は治めにくい土地だ。一つまちがえば天草《あまくさ》の二の舞となる」

三代将軍家光のとき、天草の隠れキリシタンを中心として始まった四万をこえる一揆は、幕府軍総大将の板倉重昌《いたくらしげまさ》を討ち取るなどして気炎を上げ、鎮圧までに五ヵ月近い日数と十二万もの軍勢を要した。

「加賀の一向一揆はキリシタンの比ではない。もし、一揆となれば越前にも……」

「……………」

二人は顔を見合わせた。

「ゆえに、酒井雅楽頭は余に強制できぬのだ。余から将軍にしてくれと頼ませねばならぬ」

綱紀が述べた。

「直作、わかっていたはずだ」

「殿のご気性は良く存じあげておりまする」

「ではなぜ国元で一人賛成するようなことを言った」

ごまかしは許さない、ときつく綱紀が詰問《きつもん》した。

「国元から裏切り者を出さないためであろう」

問いながら答えを綱紀が口にした。

「人持ち組頭の誰かに幕府から手が伸びても、最初に賛成を言い出したそなたの功績には敵《かな》わない。国元で裏切り者と見られるだけならまだしも、余が将軍にならなかったときには反対派として粛清《しゅくせい》される。それを覚悟で反対の多いなかで一人賛成して、結果を出せばその褒賞《ほうしょう》は大きい。だが、そうでなければ哀れな末路が待つだけだ。そなたが、最初に賛成した以上、他の者たちは表だって賛成に回りにくい。あえて嫌われる裏切り者を演じたな。いや、本多政長にそれをさせまいとした。違うか」

「……畏《おそ》れ入りまする」

やはり見抜いていた綱紀の慧眼《けいがん》に前田直作が頭を下げた。

「本多どのに賛成されてはいささかまずうございましょう。わたくしが金沢で殺されても、ごまかせまする。しかし、本多どのは幕府の紐付《ひもつ》き。なにかあれば加賀藩が潰れまする。本多どのには、黙っていていただかねばなりませんでした。そのために機先を制しなければならなかったのでございまする」

「命を粗末にするな」

「それが我が前田家に与えられた使命」

大きく前田直作が胸を張った。

「本家を守るためにこそ、分家はある。そう芳春院さまより父は言い聞かされていたそうでございまする」

関ヶ原で禄を失った前田利政では、育てきれまいと芳春院はその子直之を引き取り育てていた。そのとき、芳春院が直之に言って聞かせていたのであった。そしてそれは直作にも伝えられていた。

「要らぬまねを。もう、本家の犠牲に分家がなる時代ではない。ともに力を合わせるべきであるぞ」

綱紀が怒りを見せた。

「…………」

反論を前田直作はしなかった。

「二度は許さぬ」

「はっ」

前田直作が低頭した。

「あとは国元からの返書が戻ってくるのを待つだけだが……」

ほっと綱紀が肩の力を抜いた。

「同行させている藩士はどうした」

綱紀が今気づいたとばかりに訊いた。

「……じつは」

苦い顔で前田直作が語った。

「そうか。役目を果たすために残ったか。なかなか律儀な者のようだな。で、誰だ、その者は」

「瀬能数馬でございまする」

「……瀬能。あの瀬能か。珠姫さま付きの用人として幕府から加賀へ来た、あの瀬能か」

綱紀が確認した。

「はい」

「なんとも皮肉なものよな。珠姫さま付きであった者の子孫が、姫さまの血筋を将軍にする好機を潰す手伝いをしたとは。待てよ、先日その名を見たばかりぞ。あれはなんであったか……」

「本多の琴どのとの縁組み願いではございませぬか」

思い出そうとしている綱紀へ、前田直作が告げた。

「そうであった。本多政長の婿《むこ》だと」

納得しかけて、綱紀が驚愕した。

「あの政長が、琴を嫁に出すと。それほどの男か」

「わたくしも娘がおればくれてやろうと思いましてございまする」

「そなたもか」

「はい。剣の腕もそこそこながら、交渉ごとの勘所《かんどころ》を心得ておりまする。なにより、一生懸命なところがよいかと。それでいて、要ると思えば己の命も投げ出せる」

感想を前田直作が述べた。

「遣《つか》えそうだの」

「はい」

二人が冷たい為政者の顔になった。

「今回の騒動が落ち着いても、しばらくは江戸におらせるか」

「そのおつもりで本多どのもお出しになられたと思いまする」

綱紀の言葉に前田直作が付け加えた。

「遣いどころを考えろということか。本多の爺《じじい》め、余まで試すか」

頬をゆがめながら綱紀があきれた。

「もと旗本の瀬能を江戸で遣う。直作、瀬能の一族を知っておるか」

「本家が寄合《よりあい》旗本だということくらいしか」

訊かれた前田直作が首を振った。

「寄合か……」

おおむね三千石以上の旗本を寄合と言った。旗本のなかでも名門であり、町奉行や大目付などの要職に就くことが多い。

「幕府との繋《つな》がりを持つ……遣えそうだな」

綱紀が呟いた。

「なにをするにも、国元の返事待ちだな。それが届き次第、動くぞ」

それが来ないと話にならない。綱紀が遠く西を見つめた。

国元から足軽継が来たのは翌々日の夕刻であった。万一を考えて、足軽継は国元の予備を含め六名で江戸へ来た。

「よし」

国元に残る五人の人持ち組頭の署名が入った書状を読んで、満足そうに綱紀が首肯した。

「直作、筆頭の位置に名を記せ」

綱紀が本多政長の右へ名前を書けと命じた。

「畏れ多い」

「酒井雅楽頭さまへの誇示である。もっとも賛成していた者が一番に反対の署名を入れる。この裏がわからぬようでは、とても執政など務まらぬ」

遠慮する前田直作へ綱紀が説明した。

「なにより、本文の終わりと本多政長の署名の間が空きすぎているであろう。これは、本多政長もそうすべきだと暗示しているのだ」

言われた前田直作が書状を見直した。たしかに、一人名前が書けるだけの隙間が不自然にあった。

「わかりましてございまする」

前田直作が署名した。

「横山玄位《はるたか》」

「……はい」

呼ばれた横山玄位がためらった。

「幕府に逆らうと思うな。これは酒井雅楽頭さまへの返答でしかない。御上へ出すものではないのだ」

幕府に反する恐怖で震えている横山玄位を綱紀が鼓舞した。

「……はい」

ようやく横山玄位が名前と花押《かおう》を入れた。

「では、大老の屋敷へ参る。先触れをいたせ」

いかに求められた返答を持って来たとはいえ、不意の来訪は無礼である。前田綱紀は酒井雅楽頭へ訪問することを報せた。

酒井雅楽頭は大門を開けて待っていた。

「ご返答をお持ちいたしましてございまする」

恭《うやうや》しく綱紀が返書を差し出した。

「うむ」

受け取った酒井雅楽頭がなかを見ずに、綱紀へ顔を向けた。

「お断りいたしまする」

綱紀が口頭で伝えた。

「よいのだな」

「はい」

念を押す酒井雅楽頭へ、綱紀は首肯した。

「重臣一同、心を一つにし、わたくしを支えてくれると申しましてございますれば」

綱紀は藩をあげての反対だと述べた。

「わかった。下がってよい」

酒井雅楽頭が手を振った。

翌日、いつもよりも早く登城した酒井雅楽頭は、家綱に目通りを願った。

「そうか。断って来おったか」

「はい。まことに肚のない輩《やから》でございました。男子ならば天下に号令する気概を持つべきだというに」

酒井雅楽頭が綱紀を罵《ののし》った。

「いたしかたなかろう。綱紀は将軍というものの正体に気づいていたのであろう。それだけでも、よほど綱吉よりは賢いわ」

家綱が小さく笑った。

「雅楽頭、どうだ。躬《み》の望んだ形にはならなかったとはいえ、加賀のおかげで、次の手を打つだけのときは稼げた。それでよしとするか」

「十二分にとまではいきませぬが。もう少し粘らせたかったのでございますが、あまりときを費やせば、疑う者も出まする。潮時でございましょう。十分他人目《ひとめ》をそらすには役立ってくれましてございまする」

問われた酒井雅楽頭が答えた。

「皆、加賀に注目していたか。では、有栖川宮《ありすがわのみや》のことは誰も気づいておらぬな」

「大丈夫かと。すでに朝廷には人をやってございまする」

「徳川の敵は外様ではなく、朝廷。朝廷が徳川を敵と言えば、外様大名に倒幕の名分を与えることになる。だが、その朝廷から将軍を出せれば……」

「宮将軍が生まれれば、徳川は朝敵にならず、長くその名跡を継いでいけましょう」

家綱の言葉に酒井雅楽頭が続けた。

「血統ばかりの将軍より、家康公が立てられた幕府と天下泰平の世を続けることこそ、大事である。任せたぞ、雅楽頭」

「全霊をもちまして」

「疲れたわ。少し眠る」

首肯した酒井雅楽頭に微笑《ほほえ》んで、家綱が目を閉じた。

「上様……」

家綱の顔に浮かんだ死相を見て取った酒井雅楽頭が泣きそうな顔をした。

江戸屋敷に入った瀬能数馬はあてがわれた長屋で身体を休めていた。

「これだけの金が余りましてございまする」

細かく使途を記した書付《かきつけ》と残った金子を林彦之進が持参した。

「三十八両と少しか。けっこう残ったな」

書付を見た数馬は、感想を漏らした。

「いいえ。使いすぎでございまする。もっとも馬の代金は回収できまするが、それでも江戸と金沢を行き来するだけで十両は使いすぎでございまする。しかも、宿代や食事代はすべて公金で賄《まかな》われたのでございますぞ。本来ならば二両ほどで終わらせねばなりませぬ」

林が意見した。

「今回はいたしかたなかろう。任のための金である。惜しむなと本多どのから言われたではないか」

数馬は言い返した。

「ゆえに、これ以上は申しませぬ。ときが惜しいゆえ相手の言い値で動かざるを得なかったという事情も鑑《かんが》みて、今回は認めまする。が、次はこの半分ですませていただきまする」

「半分……」

言われた数馬が唖然《あぜん》とした。

「相手の要求は半分にできまする。これからはその心構えで行かれますよう」

「これからは……」

林の妙な言い回しに首をかしげた数馬は、翌朝綱紀から呼び出された。

「此度《こたび》のことご苦労であった」

「お褒《ほ》めいただきかたじけなく存じまする」

数馬は平伏した。

「瀬能数馬」

綱紀が厳粛《げんしゅく》な声を出した。

「はっ」

「珠姫陵墓《りょうぼ》警固の任を解き、江戸にて留守居役を命じる」

「留守居役でございまするか」

数馬は驚愕した。

閑職というより無役といえる珠姫陵墓警固から、藩でも花形の留守居役への抜擢《ばってき》は何段飛びかわからない抜擢であった。

「励め」

そう告げて綱紀が奥へと引っこんだ。

「拙者が江戸留守居役……」

残された数馬はまだ衝撃から回復していなかった。

なんとか長屋へ戻った数馬は、我が長屋の玄関で若い女中の出迎えを受けた。

「そなたは……琴どのの」

見覚えのある女中の顔に数馬は目を剝《む》いた。

「佐奈《さな》でございまする。琴姫さまより、数馬さまの身の回りのお世話をするようにと仰せつかって参りました。よろしくお願い申しあげまする」

楚々《そそ》と佐奈が三つ指をついた。

「百万石の留守居役（三）」へ続く

解説

末國善己

二〇一三年六月、幕府関連の文書を作成・管理する奥右筆《おくゆうひつ》の組頭《くみがしら》・立花併右衛門《たちばなへいえもん》を主人公にした「奥右筆秘帳」を全十二巻で完結させた上田秀人が、新たにスタートさせたのが、加賀藩《かがはん》の江戸留守居役《えどるすいやく》に着目した「百万石の留守居役」シリーズである。

著者はこれまでも、幕府の会計検査院ともいえる勘定吟味役《かんじようぎんみやく》、没収した財産を売却する闕所物奉行《けつしよものぶぎよう》、大奥と表を取り次ぐ御広敷用人《おひろしきようにん》、将軍に刃物を当てることを許された月代御髪《さかやきおぐし》など、幕府の珍しい役職に就いた人物を主人公にした文庫書下ろしのシリーズを発表してきたが、外様《とざま》の藩を舞台にしたのは、今回が初めてとなる。

幕府の組織に属していれば、内部に軋轢《あつれき》があっても、幕閣の重臣や将軍の力を背景に敵と戦うことができた。ところが百万石を有する大藩といえども、幕府にとっては、不手際があれば取《と》り潰《つぶ》しもできる外様の一つに過ぎない。そのため、本書の登場人物たちは、藩内の抗争を収める時にも、幕府に介入の口実を与えないよう、強権も密かに使わなければならない。それだけに迫力の剣戟《けんげき》シーンはもちろん、敵の一手先、二手先を読む頭脳戦にも比重がおかれていて、物語がよりスリリングになっているのだ。その意味で、外様藩を題材に選んだ著者の試みは、成功したといえるだろう。

シリーズの開幕編となる第一巻『波乱』は、徳川四代将軍家綱《いえつな》の余命が、あとわずかである事実が判明するところから始まる。病弱な家綱には実子がいないため、次期将軍の候補として甲府藩主の徳川綱豊《とくがわつなとよ》、館林《たてばやし》藩主の徳川綱吉《つなよし》の名が挙がる——ところまでは史実だが、ここに著者は、大老の酒井《さかい》雅楽頭《うたのかみ》忠清《ただきよ》が、加賀藩四代藩主の前田《まえだ》綱《つな》紀《のり》を次期将軍として擁立《ようりつ》しようとした、とのフィクションを大胆にも織り込んでいく。

加賀前田家では、二代藩主の利常《としつね》（幕府の警戒を避けるため、鼻毛を伸ばして阿呆《あほう》のふりをしたことで有名）が、二代将軍秀忠《ひでただ》の娘・珠姫《たまひめ》を正室に迎えており、三代藩主光高《みつたか》は家康の曾孫《そうそん》、四代藩主綱紀は玄孫《げんそん》にあたる。そのため綱紀が将軍になる可能性は少なからずあるのだが、酒井雅楽頭からの打診を受けた加賀藩は、これを栄転と見るべきか、加賀藩の力を削《そ》ぐ謀略と見るべきかで意見が分かれ大混乱に陥《おちい》ってしまう。

衆道を好み、なかなか嫡男《ちゃくなん》が生まれなかった三代将軍家光は、甥《おい》の光高を養子に迎えようとしたともいわれているので、著者はこのエピソードを踏まえて、綱紀の将軍擁立の設定を思い付いたのではないだろうか。また日本海航路の要衝を押さえ、天皇が住まう京にも近い加賀に百万石の所領を持つ加賀藩は、最期まで徳川家に逆らった伊達政宗《だてまさむね》を祖とする仙台藩、関ヶ原《せきがはら》の合戦で敗北し徳川家に恨《うら》みを持つ薩摩《さつま》藩、長州《ちょうしゅう》藩などとともに幕府が最も警戒し、取り潰しや転封を狙っていたとされる外様の雄藩なので、大老から藩主を次期将軍にしたいとの打診を受けた加賀藩が、賛成派、反対派を問わずナーバスになってしまうのも、史実を踏まえているだけにリアリティがある。

江戸藩邸は酒井雅楽頭の申し出を受ける方向で固まるが、国元では反対を主張する御為《おため》派が主流となっていた。その中にあって、藩主前田家の一門で、加賀藩の重臣・人持《ひとも》ち組頭《くみがしら》七家の一つでもある前田直作《なおなり》だけは賛成を唱える。御為派《ためは》は、刺客を送り込んで直作を葬《ほうむ》ろうとするが、その危機を瀬能数馬《せのうかずま》が救う。やがて、江戸在府中の綱紀から出府の命令を受けた直作は、護衛として数馬を指名。同じ頃、数馬は、加賀藩の筆頭家老・本多《ほんだ》政長《まさなが》から呼び出しを受け、娘の琴《こと》との縁談を持ちかけられていた。琴との婚約を決めた数馬が、直作を守って江戸へ向かう旅に出るところで幕切れになった第一巻を、綱紀の将軍擁立をめぐる陰謀を描く事件編とするなら、数馬たちが血路を開きながら真相に近づいていく本書『思惑』は解決編となっている。

冒頭から、刺客を警戒する数馬が、敵（と読者）を欺《あざむ》くために計略（伏線）をめぐらせ、あっと驚くどんでん返しを作るミステリー的な展開があるかと思えば、香取神《かとりしん》道流《とうりゅう》を使う数馬と一刀流道場で師範代を務める政岡《まさおか》が戦う迫力のアクションが描かれるなど、派手な趣向が連続するので、すぐに作品世界へ引き込まれてしまうだろう。

さらに本書を面白くしているのは、敵・味方の対立構造が複雑に入り組んでいることである。メインになるのは、加賀藩内における御為派と直作の抗争だが、両派とも不可解な幕府の命令の真意を探り、加賀藩を安泰に導きたいとの方向では一致している。加賀藩が戦うべき幕府も、次期将軍をめぐっては酒井雅楽頭や堀田備中守正俊《ほったびっちゅうのかみまさとし》らが凄《すさ》まじい暗闘を繰り広げており、誰を相手に戦略を練るべきかが見えてこないだけに、直作たちは苦戦を強《し》いられるのである。こうした現在進行中の抗争に、著者は過去（歴史）と現在という対立軸を加えることで、物語をより奥深いものにしているのだ。

数馬が家督《かとく》を継いだ瀬能家は、秀忠の娘・珠姫が二代藩主利常に輿入《こしい》れした時に随《ずい》身《しん》した幕臣だったが、珠姫の世話を続けるために加賀藩士へ転籍した珍しい家とされている。珠姫の没後は仕事もなくなり、墓守という無役に近い状態になっていた。

娘の琴と数馬の婚約を決めた政長も、前田家の動向を探るため利常の家老になったとされる本多政重《まさしげ》（家康の謀臣《ぼうしん》・本多正信《まさのぶ》の次男）を祖とし、今も幕府と繋《つな》がっているとの噂《うわさ》があることから「堂々たる隠密《おんみつ》」と呼ばれている変わり種である。直作も、能登《のと》を領していたものの、関ヶ原の合戦への出兵を拒否したことで改易された後に、弟の利常に仕えた前田利政《としまさ》を祖とするなど、その家は数奇な運命をたどっている。

本書の舞台は、戦国乱世が終焉《しゅうえん》して八十年近くが経過し、戦場で戦った武士などいなくなった一六八〇年頃。武士は〝いくさ人〟ではなく、〝官吏〟として生きるようになったが、倫理や行動規範になるのは〝いくさ人〟時代のものなので、数馬や直作は、戦国武将の逸話を参考にしたり、関ヶ原の合戦前後の混乱期に、加賀藩を安泰に導いた歴代藩主の功績を振り返ったりしながら、敵との戦い方を考える。前田家や徳川家の歴史自体が、今回の事件の遠因とされていることもあるので、本書は〝歴史から何を学ぶか〟をテーマにした歴史小説的なスケールも併《あわ》せ持っているのである。

著者は、デビュー当初に『軍師の挑戦　上田秀人初期作品集』にまとめられた歴史ミステリーの短編を発表、その後、虚実の皮膜を操りながら武家社会の抗争を描く文庫書下ろしのシリーズをいくつも書き継ぐ一方で、〈表〉と〈裏〉の二編からなる『天主信長』、『日輪にあらず　軍師黒田官兵衛』など、独自の歴史解釈を施した骨太の歴史小説も刊行している。これらのエッセンスが惜しげもなくつぎ込まれた「百万石の留守居役」は、著者の持ち味がすべて詰《つ》まっているといっても過言ではないのである。

武勲を挙げれば高禄《こうろく》も出世も手にすることができ、能力があれば主君さえ自由に選べた戦国時代の武士と違い、数馬たちは、父親から受け継いだ仕事を継承し、先祖の手柄が根拠になっている俸禄《ほうろく》を主君から受け取っているに過ぎない。職業選択の自由がないだけに、直作や政長は生まれた時から藩政の舵取《かじと》りを宿命付けられ、数馬は仕事らしい仕事がないまま禄だけをもらう〝飼い殺し〟の人生を送るだけだった。

これは厳格な身分制度があった江戸時代の特殊事情に思えるかもしれないが、現代でも希望の会社に就職して、好きな仕事で給料を得ている人が案外少ないことを考えれば、家督を継ぐしかなかった数馬たちが、希望の職種に就くことがますます難しくなっている現代のサラリーマンに近い存在であると納得できるだろう。

武術の鍛練《たんれん》という職業訓練だけはしていたが、実際に働いた経験のない数馬が、突然、藩の重鎮《じゅうちん》・直作のボディガードという要職に抜擢《ばってき》される展開は、就職先を探していた若者が、偶然にも採用された状況といえる。ただ、加賀藩は、中央官庁に逆らえない地方自治体、あるいは優良企業ながら親会社の命令に服従を強《し》いられる下請けといった立ち位置なので、幕府の直参《じきさん》を主人公にした著者の他のシリーズよりも、数馬たちの悲哀に我が身を重ねる読者も多いように思える。愛する家族のため、上役の命令に従い死地へ向かう名も無き加賀藩士の姿は、涙なくしては読めない。

就職した早々、数馬は婚約者の琴と遠距離恋愛することになったり、派閥抗争の最前線に送り込まれたりするが、これも宮仕えの経験があれば、誰もが一度は目にしたり経験したりしたことのある状況ともいえるので、初めての体験に戸惑いながらも、政長の家臣で叩《たた》き上げの林彦之進《はやしひこのしん》から社会常識を学び、直作からの薫陶《くんとう》を受け、自分なりに働くことの意義を考えるなど、社会人として成長していく数馬には勇気をもらえるのではないか。

作中では、数馬や直作がそれぞれの立場で、〝いくさ人〟など必要ない時代に「武士」として生きる意味や、「忠義」とは何かについて思索をめぐらせるが、これも人はなぜ働かなければならないのかや、人が働くのは金のためなのか、生甲斐《いきがい》のためなのかという問いに置き換えることもできよう。

終盤になると、綱紀の次期将軍就任に賛成なのか、反対なのか旗幟《きし》を鮮明にしなかった政長と、非難を浴びてまで賛成に回った直作が、貫こうとした信念や覚悟が見えてくる。しかも、政長たちが藩主綱紀の想いをくみ取り進めようとしている改革の本丸が、先祖の功績で身分と俸禄が決まっているため、格差を埋める手だてがなく、閉《へい》塞感《そくかん》に覆《おお》われてしまった加賀藩に新風を送り込むための方策であることも暗示されているのだ。現代の日本でも、所得格差の広がりが〝階層の固定化〟を加速し、生まれながらに進路が限定されるようになったといわれている。それなのに現代では、いつまで経《た》っても〝階層の固定化〟を解消する政策が提示されないだけに、いち早くこの問題に挑もうとした政長たちが、理想の政治家に思えるかもしれない。

本書は、（タイトルにもあるので、ネタバレにはなるまい）数馬が加賀藩の江戸留守居役を拝命するところで終わるが、閑職から花形役職への抜擢も、〝階層の固定化〟を打破する人事のように見えてしまう。といっても、伝統的な武家の生き方しか知らず、世間知に疎《うと》い数馬には、下は江戸城勤務の軽輩や御用商人から、上は幕府や他藩の要人まで、幅広い人脈を持ち、接待や情報交換、果ては恫喝《どうかつ》といった硬軟取り混ぜた交渉で幕府の思惑を探り出す必要がある江戸留守居役は、まだまだ重荷といえる。

加賀藩への圧力を弱めようとしない幕府との暗闘は終わりを見せず、機密情報を外部に漏《も》らして加賀藩を出奔《しゅっぽん》した元江戸留守居役・小沢采女《おざわうねめ》の怪しい動きや、遠距離恋愛中の琴との恋の行方《ゆくえ》など、数馬の前には公私ともども難問が山積しており、海千山千の関係者を相手にした駆け引きは、難航が予想される。数馬はこの危機をどのように乗り越え、江戸留守居役として大きくなるのか。シリーズの今後も楽しみである。

本書は文庫書下ろし作品です。

|著者|上田秀人　1959年大阪府生まれ。大阪歯科大学卒。'97年小説CLUB新人賞佳作。歴史知識に裏打ちされた骨太の作風で注目を集める。講談社文庫の「奥右筆秘帳」シリーズは、「この時代小説がすごい!」(宝島社刊)で、2009年版、2014年版と二度にわたり文庫シリーズ第一位に輝き、第3回歴史時代作家クラブ賞シリーズ賞も受賞。「百万石の留守居役」は初めて外様の藩を舞台にした新シリーズ。このほか「禁裏付雅帳」(徳間文庫)、「聡四郎巡検譚」(光文社文庫)、「闕所物奉行裏帳合」(中公文庫)、「表御番医師診療禄」(角川文庫)、「町奉行内与力奮闘記」(幻冬舎時代小説文庫)、「日雇い浪人生活録」(ハルキ文庫)などのシリーズがある。歴史小説にも取り組み、『孤闘　立花宗茂』(中公文庫)で第16回中山義秀文学賞を受賞、『竜は動かず　奥羽越列藩同盟顛末』(講談社文庫)も話題に。総部数は1000万部を突破。
上田秀人公式HP「如流水の庵」 http://www.ueda-hideto.jp/

思惑《おもわく》　百万石《ひゃくまんごく》の留守居役《るすいやく》(二)

上田秀人《うえだひでと》

講談社文庫
定価はカバーに
表示してあります

2013年12月13日第1刷発行
2021年10月4日第18刷発行

発行者――鈴木章一
発行所――株式会社　講談社
東京都文京区音羽2-12-21　〒112-8001
電話　出版　(03) 5395-3510
　　　販売　(03) 5395-5817
　　　業務　(03) 5395-3615

KODANSHA

デザイン―菊地信義
本文データ制作―講談社デジタル製作
印刷―――豊国印刷株式会社
製本―――株式会社国宝社

Printed in Japan

ISBN978-4-06-277721-6

講談社文庫刊行の辞

二十一世紀の到来を目睫に望みながら、われわれはいま、人類史上かつて例を見ない巨大な転換期をむかえようとしている。

世界も、日本も、激動の予兆に対する期待とおののきを内に蔵して、未知の時代に歩み入ろうとしている。このときにあたり、創業の人野間清治の「ナショナル・エデュケイター」への志を現代に甦らせようと意図して、われわれはここに古今の文芸作品はいうまでもなく、ひろく人文・社会・自然の諸科学から東西の名著を網羅する、新しい綜合文庫の発刊を決意した。

激動の転換期はまた断絶の時代である。われわれは戦後二十五年間の出版文化のありかたへの深い反省をこめて、この断絶の時代にあえて人間的な持続を求めようとする。いたずらに浮薄な商業主義のあだ花を追い求めることなく、長期にわたって良書に生命をあたえようとつとめるところにしか、今後の出版文化の真の繁栄はあり得ないと信じるからである。

同時にわれわれはこの綜合文庫の刊行を通じて、人文・社会・自然の諸科学が、結局人間の学にほかならないことを立証しようと願っている。かつて知識とは、「汝自身を知る」ことにつきていた。現代社会の瑣末な情報の氾濫のなかから、力強い知識の源泉を掘り起し、技術文明のただなかに、生きた人間の姿を復活させること。それこそわれわれの切なる希求である。

われわれは権威に盲従せず、俗流に媚びることなく、渾然一体となって日本の「草の根」をかたちづくる若く新しい世代の人々に、心をこめてこの新しい綜合文庫をおくり届けたい。それは知識の泉であるとともに感受性のふるさとであり、もっとも有機的に組織され、社会に開かれた万人のための大学をめざしている。大方の支援と協力を衷心より切望してやまない。

一九七一年七月

野間省一

上田秀人公式ホームページ「如流水の庵」
http://www.ueda-hideto.jp/

講談社文庫「百万石の留守居役」ホームページ
http://kodanshabunko.com/hyakumangoku/

講談社文庫「奥右筆秘帳」ホームページ
http://kodanshabunko.com/okuyuhitsu/

〈既刊紹介〉

上田秀人作品◆講談社

百万石の留《る》守《す》居《い》役《やく》 シリーズ

老練さが何より要求される藩の外交官に、若き数馬が挑む！

第一巻『波乱』2013年11月　講談社文庫

外様第一の加賀《かが》藩。旗本から加賀藩士となった祖父をもつ瀬《せ》能《のう》数《かず》馬《ま》は、城下で襲われた重臣前《まえ》田《だ》直作《なおなり》を救い、五万石の筆頭家老本《ほん》多《だ》政長《まさなが》の娘、琴《こと》に気に入られ、その運命が動きだす。江戸で数馬を待ち受けていたのは、留《る》守《す》居《い》役《やく》という新たな役目。藩の命運が双肩にかかる交渉役には人脈と経験が肝心。剣の腕以外、何もない若者に、きびしい試練は続く！

上田秀人作品◆講談社

第一巻
『波乱』
2013年11月
講談社文庫

第二巻
『思惑』
2013年12月
講談社文庫

第三巻
『新参』
2014年6月
講談社文庫

第四巻
『遺臣』
2014年12月
講談社文庫

第五巻
『密約』
2015年6月
講談社文庫

第六巻
『使者』
2015年12月
講談社文庫

第七巻
『貸借』
2016年6月
講談社文庫

第八巻
『参勤』
2016年12月
講談社文庫

第九巻
『因果』
2017年6月
講談社文庫

第十巻
『忖度』
2017年12月
講談社文庫

第十一巻
『騒動』
2018年6月
講談社文庫

第十二巻
『分断』
2018年12月
講談社文庫

第十三巻
『舌戦』
2019年6月
講談社文庫

第十四巻
『愚劣』
2019年12月
講談社文庫

第十五巻
『布石』
2020年6月
講談社文庫

第十六巻
『乱麻』
2020年12月
講談社文庫

第十七巻
『要訣』
2021年6月
講談社文庫

〈全十七巻完結〉

上田秀人作品◆講談社

奥《おく》右《ゆう》筆《ひつ》秘帳 シリーズ

「筆」の力と「剣」の力で、幕政の闇に立ち向かう圧倒的人気シリーズ！

第一巻『密封』2007年9月　講談社文庫

江戸城の書類作成にかかわる奥右筆組頭《おくゆうひつくみがしら》の立花《たちばな》併右衛門《へいえもん》は、幕政の闇にふれる。帰路、命を狙われた併右衛門は隣家の次男、柊衛悟《ひいらぎえいご》を護衛役に雇う。松平定信《まつだいらさだのぶ》、将軍家斉《いえなり》の父・一橋治済《ひとつばしはるさだ》の権をめぐる争い、甲賀《こうが》、伊賀《いが》、お庭番の暗闘に、併右衛門と衛悟は巻き込まれていく。「この時代小説がすごい！」（宝島社刊）でも二度にわたり第一位を獲得したシリーズ！

上田秀人作品◆講談社

第一巻
『密封』
2007年9月
講談社文庫

第二巻
『国禁《こっきん》』
2008年5月
講談社文庫

第三巻
『侵蝕《しんしょく》』
2008年12月
講談社文庫

第四巻
『継承』
2009年6月
講談社文庫

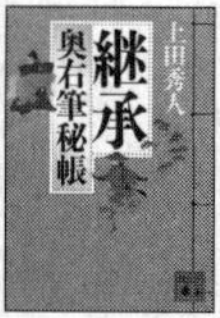

第五巻
『簒奪《さんだつ》』
2009年12月
講談社文庫

第六巻
『秘闘』
2010年6月
講談社文庫

第七巻
『隠密』
2010年12月
講談社文庫

第八巻
『刃傷』
2011年6月
講談社文庫

第九巻
『召抱《めしかかえ》』
2011年12月
講談社文庫

第十巻
『墨痕《ぼっこん》』
2012年6月
講談社文庫

第十一巻
『天下』
2012年12月
講談社文庫

第十二巻
『決戦』
2013年6月
講談社文庫

〈全十二巻完結〉

前夜　奥右筆外伝

併右衛門、衛悟、瑞紀《みずき》をはじめ
宿敵となる冥府《めいふ》防人《さきもり》らそれぞれの
「前夜」を描く上田作品初の外伝！

2016年4月
講談社文庫

講談社文庫　目録

浦賀和宏　眠りの牢獄
浦賀和宏　時の鳥籠(上)(下)
浦賀和宏　頭蓋骨の中の楽園(上)(下)
上野哲也　五五五文字の巡礼〈魏志倭人伝トーク　地理篇〉
魚住　昭　渡邉恒雄　メディアと権力
魚住　昭　野中広務　差別と権力
魚住直子　非・バランス
魚住直子　未・フレンズ
魚住直子　ピンクの神様
上田秀人　密封〈奥右筆秘帳〉
上田秀人　国禁〈奥右筆秘帳〉
上田秀人　侵蝕〈奥右筆秘帳〉
上田秀人　継承〈奥右筆秘帳〉
上田秀人　簒《さん》奪《だつ》〈奥右筆秘帳〉
上田秀人　秘闘〈奥右筆秘帳〉
上田秀人　隠密〈奥右筆秘帳〉
上田秀人　刃傷〈奥右筆秘帳〉
上田秀人　召《めし》抱《かかえ》〈奥右筆秘帳〉
上田秀人　墨《ぼっ》痕《こん》〈奥右筆秘帳〉
上田秀人　天下〈奥右筆秘帳〉
上田秀人　決戦〈奥右筆秘帳〉
上田秀人　前夜〈奥右筆外伝〉
上田秀人　軍師の挑戦〈上田秀人初期作品集〉
上田秀人　天主信長〈表〉〈我こそ天下なり〉
上田秀人　天主信長〈裏〉〈天を望むなかれ〉
上田秀人　波乱〈百万石の留守居役(一)〉
上田秀人　思惑〈百万石の留守居役(二)〉
上田秀人　新参〈百万石の留守居役(三)〉
上田秀人　遺臣〈百万石の留守居役(四)〉
上田秀人　密約〈百万石の留守居役(五)〉
上田秀人　使者〈百万石の留守居役(六)〉
上田秀人　貸借〈百万石の留守居役(七)〉
上田秀人　参勤〈百万石の留守居役(八)〉
上田秀人　因果〈百万石の留守居役(九)〉
上田秀人　忖《そん》度《たく》〈百万石の留守居役(十)〉
上田秀人　騒動〈百万石の留守居役(十一)〉
上田秀人　分断〈百万石の留守居役(十二)〉
上田秀人　舌戦〈百万石の留守居役(十三)〉
上田秀人　愚劣〈百万石の留守居役(十四)〉
上田秀人　布石〈百万石の留守居役(十五)〉
上田秀人　乱麻〈百万石の留守居役(十六)〉
上田秀人　要《よう》訣《けつ》〈百万石の留守居役(十七)〉
上田秀人　梟《ふくろう》の系譜〈宇喜多四代〉
上田秀人　竜は動かず　奥羽越列藩同盟顛末　(上)万里波濤編　(下)帰郷奔走編
内田　樹　下流志向〈学ばない子どもたち　働かない若者たち〉
内田　樹／釈　徹宗　現代霊性論
上橋菜穂子　獣の奏者　Ⅰ闘蛇編
上橋菜穂子　獣の奏者　Ⅱ王獣編
上橋菜穂子　獣の奏者　Ⅲ探求編
上橋菜穂子　獣の奏者　Ⅳ完結編
上橋菜穂子　獣の奏者〈外伝　刹那〉
上橋菜穂子　物語ること、生きること
上橋菜穂子　明日は、いずこの空の下
海猫沢めろん　愛についての感じ
海猫沢めろん　キッズファイヤー・ドットコム
冲方　丁　戦の国
上田岳弘　ニムロッド

2021年6月15日現在